中国梦·红色经典电影阅读

晋通一兵

韩裕平 改编

中华工商联合出版社

图书在版编目（CIP）数据

普通一兵 / 韩裕平编著. —北京：中华工商联合
出版社，2013.7
ISBN 978-7-5158-0607-5

Ⅰ.①普… Ⅱ.①韩… Ⅲ.①中篇小说—中国—当代
Ⅳ.①I247.5

中国版本图书馆 CIP 数据核字（2013）第 157963 号

普通一兵

编　　著：韩裕平
策　　划：徐　潜
责任编辑：魏鸿鸣　林　立
封面设计：赵献龙
责任审读：郭敬梅
责任印制：迈致红
出版发行：中华工商联合出版社有限责任公司
印　　刷：天津海德伟业印务有限公司
版　　次：2014 年 3 月第 1 版
印　　次：2018 年 4 月第 2 次印刷
开　　本：710mm×1000mm　1/16
字　　数：140 千字
印　　张：15
书　　号：ISBN 978-7-5158-0607-5
定　　价：29.80 元

服务热线：010—58301130
销售热线：010—58302813
地址邮编：北京市西城区西环广场 A 座
　　　　　19—20 层，100044
http：//www.chgslcbs.cn
E-mail：cicap1202@sina.com（营销中心）
E-mail：gslzbs@sina.com（总编室）

编委会

演职员表

导　演：　袁乃晨

剪　接：　王　联

翻　译：　桴　鸣　　孟广均　　刘　迟

洗　印：　鲁　潍

录　音：　张家克

剧　务：　凌　元

上映名为《一个普通的战士》

配音演员

斯大林 …………………………………………… 凯　南

舍尔宾那上尉 ………………………………… 马玺麟

亚历山大·马特洛索夫 ……………………… 张玉昆

阔洛索夫上尉 ………………………………… 程　列

伊万·邱麻阔夫 ……………………………… 李白水

米沙·斯克渥尔错夫 ………………………… 刘增文

医生 ……………………………………………… 李雪红

剧情说明

　　故事发生在第二次世界大战时期的苏联卫国战争中。17岁的孤儿马特洛索夫是一个工业学校的学生，他是一个非常善良的小伙子。在一个秋雨连绵的夜晚，马特洛索夫在火车站捡到一个在德国法西斯侵略者轰炸时失去了父母的小女孩丽达，然后他将小女孩连夜抱到巴沙大娘家，请求巴沙大娘帮他照顾丽达，并决心自己挣钱养活她。

　　面对德国的入侵，马特洛索夫和同学们感到了当前国家正处在危机之中，他和同学郭士甲在学校宿舍的床铺上发下了同甘苦、共患难的誓言。德国法西斯侵略者开始大举进攻苏联，为了保卫祖国，马特洛索夫和郭士甲毅然决然地报名上前线。在火车站与欢送的同学们告别时，老教师加费里洛维奇也来与他们送别，并叮嘱了他们好多话。马特洛索夫在送别的人群中还找到了巴沙大娘和丽达，他深情地看着熟睡中的小丽达，心里有无限的感慨。在运送新兵的火车上，伊万大叔经过现场的层层询问与答辩，光荣地加入了苏联共产党，这让年轻的马特洛索夫很是激动，备感鼓舞。

　　有一天晚上，马特洛索夫在同侦察班的战友们执行任务的过程中，由于一时惊慌不小心被敌人防区封锁线上的铁丝网挂住了，从而触动了铁丝网上的罐头盒，他被敌人发现了。在关键时刻，马特洛索夫并没有退缩，而是随机应变，向敌人投掷了一颗手榴弹，然后又开枪向敌人射击。他的这番举措吸引了敌人的注意，探照灯和机枪的子弹都射向了马特洛索夫，其他的战友利用这个机会，顺利地通过了敌人的防区，胜利完成了任务。

在后来多次执行任务的过程中，马特洛索夫充分利用自己的特长，审时度势，把握时机，利用一切可能将敌人歼灭。艰苦卓绝的战争锻炼了马特洛索夫，使他逐渐成长为一名坚强的战士。后来，由于班长郭士甲在一次执行任务时光荣负伤，阔洛索夫上尉决定任命马特洛索夫为代理班长，这让年轻的马特洛索夫很是兴奋，他感到了自己肩上的责任。在一次大规模的攻坚战中，敌人的一座碉堡威胁着大部队的前进，近卫军战士经过各种努力都没能炸掉它，包括大炮、坦克都用上了，但都无济于事。为了给最后的冲锋赢取时间，扫平道路，马特洛索夫亲自去清除碉堡。在遭遇同伴被无情的子弹打死的情况下，马特洛索夫强忍着无比的悲痛与难过，义无反顾地向碉堡冲去。在手榴弹无法炸掉碉堡的情况下，马特洛索夫无所畏惧地纵身一跃，用自己的身体堵住了敌人碉堡的枪眼，为祖国献出了自己年轻而宝贵的生命。

苏联最高统帅斯大林同志从指挥员口中得知这一消息后，亲自签署了苏联国防人民委员会命令："查第五十六近卫军第三十八近卫师第二百五十四近卫团战士亚历山大·马特洛索夫在1943年2月23日同德国法西斯侵略者作战当中，身临争夺却尔奴什基村战役于千钧一发之际，曾以自己的血肉之躯遮盖敌人的碉堡，壮烈牺牲，从而保证了展开攻击之成功。亚历山大·马特洛索夫同志之伟大功勋，参表为我红军战士刚毅英勇之模范。为永日纪念苏联英雄近卫军战士亚历山大·马特洛索夫，特命令：将第五十六近卫军第三十八近卫师第二百五十四近卫团更名为亚历山大·马特洛索夫第二百五十四近卫军，并将亚历山大·马特洛索夫的名字永远列于亚历山大·马特洛索夫第二百五十四近卫团第一中队之名簿间。此令！"

从此，亚历山大·马特洛索夫作为人民英雄，名字永远地载入了史册。

序

　　曾经，拾起过草地上被吹落的发黄的银杏叶，夹在了日记里，再打开时，记住了那个秋天里青春的憧憬；

　　曾经，哼起过电台里被播放的欢快的流行曲，抄在了笔记上，再打开时，记住了那段岁月里相伴的愉悦；

　　曾经，流连过影院里被放映的精彩的故事片，存在了脑海中，再打开时，记住了那些回味里温暖的片段；

　　我们的曾经，是记忆的积累，留不住岁月，却留住了记忆。翻开日记时，银杏的纹络依然清晰，打开笔记时，歌词的墨迹仍然青涩。那些往事都留住了，只是在某个时刻，突然想起了那部电影，多少却有些浅忘，因为我们的笔记本里承载不了那么多的信息，只能记在脑海里，在岁月的洗涤中淡却了一些章节。

　　我们一直致力于电影连环画在读者中的普及，十年间制作了数百本电影连环画，发行量近百万册，在读者中建立了良好的口碑并取得了积极的社会效应。今天，我们将那些存在我们记忆深处的经典电影以图文版的形式制作成册，让我们重新回味那脍炙人口的故事，再度拾起从前那观看电影的快乐时光。

　　抬一把凳子，再也找不到露天电影；下一段视频，却没有充裕的时间观看；那么，就躺在床上，翻开这一本本图文本，将故事延续到梦里——记得那时年少，记得那时年轻，记得那时……

枕边，这一册册的电影图文本，还有一摞摞的日记和笔记本，都是我们记忆中的音符，目光触及时，在心里流淌成歌，相伴过的曾经，把美好的记忆延续到永远。

赵刚

2014 年 3 月 6 日

目　录

第一章 雨夜誓言

清晨，温柔的阳光穿过薄薄的云层，照在浓郁的树林中。在苍翠的树林中，数十个大小统一的白色帐篷整齐划一地排列在树林的绿地上。这时，一个战士迎着清晨的和风，站在林中一处凸起的绿地上，在清

☆在苏联卫国战争中的英雄马特洛索夫战斗过的近卫军里，战士们每天列队时都要宣誓："近卫军战士，亚历山大·马特洛索夫，英勇地牺牲在保卫我们伟大祖国自由和独立的战斗中……"

晨第一缕阳光的照射下，吹响了嘹亮的集合号。在苏联卫国战争中的英雄马特洛索夫战斗过的近卫军里，听到集合号的战士们一个个生龙活虎地快速从军营里冲了出来，大家军装在身，军帽戴顶，成三排横队站立着。随着领队的一声声指令："立正……向右看齐……向前看……"战士们让威武的队列更加整齐。这时指挥官手拿文件稿对列队中的战士们说道："苏联，保卫祖国的英雄，近卫军战士，亚历山大·马特洛索夫……"这时在他的带领下，精神抖擞的战士们大声地宣誓道："近卫军战士亚历山大·马特洛索夫，英勇地牺牲在保卫我们伟大祖国自由和独立的战斗中……"宣誓，已经成为马特洛索夫战斗过的近卫军里每天必不可少的事情。

亚历山大·马特洛索夫的功绩激励着每一个战士，他永远是每一个战士学习的榜样，他永远活在近卫军战士和全体苏联人民的心中。他的伟大事迹深深地鼓舞和感召着无数后来的近卫军战士，他们以马特洛索夫为学习的榜样和效仿的楷模。马特洛索夫视死如归，为了战争的胜利而英勇无畏、不怕牺牲的精神影响和感动了无数的人。农民、工人、学生、军人、商人……他们不分行业，不分民族，不分年龄，不分性别，都为马特洛索夫感到骄傲和自豪。马特洛索夫是整个苏联近卫军的骄傲，是全体苏联人民的骄傲，更是全世界与法西斯斗争者的骄傲！马特洛索夫的英雄事迹，是无产阶级革命精神的伟大写照，是共产主义战士的无上荣耀，是苏联卫国战争获得伟大胜利的有力支撑。在马特洛索夫曾经服役过的近卫团里，在战士们的记忆中，有他的不朽功绩，他虽死犹生，像活着一样，让我们来为他歌颂。

☆马特洛索夫的功绩激励着每一个战士，他永远是每一个战士学习的榜样，他永远活在近卫军战士和全体苏联人民的心中。

　　连绵的秋雨，浸透了偏僻的城市。1941 年，晚秋的日子里，传来了战争的消息。在深秋的一个夜晚，淅淅沥沥的秋雨下个不停，像是哭闹不止的孩子，闹着情绪，掉着泪滴。在昏暗静寂的街道上，地上的积水已经盖过了路面，雨滴打在上面，溅起一个个水泡。马特洛索夫抱着一个孩子，急急忙忙地冒着大雨在街上飞快地跑着。无情的雨滴打在他的头上，帽子已经彻底的湿透了，雨水顺着脸往下淌，将整个人都完全浇湿了。怀里的孩子虽然被衣服紧紧包裹着，但雨水还是浸湿了她小小的身躯。雨越下越大，天也越发的昏暗了。马特洛索夫像个落汤鸡似的抱着这个可怜的孩子在雨中飞奔着，他七绕八绕地来到了巴沙大娘家的窗前。马特洛索夫一只脚站在被雨水浸泡着的地面上，一只脚踩在巴沙大娘家窗外的根基上。他一手抱着孩子，顺便用踩在根基上的膝盖支撑着孩子的身体，然后用另一只手敲响了巴沙大娘家的窗户。

☆1941年，深秋的一个夜晚，连绵的秋雨下个不停。马特洛索夫抱着一个孩子，匆匆忙忙地冒着大雨在街上跑，他来到巴沙大娘家的窗前，敲了敲窗。

　　听到屋内巴沙大娘的声音后，马特洛索夫又急急忙忙地抱着孩子绕到了门口，巴沙大娘已经打开了房间的门，马特洛索夫赶忙抱着孩子跳了进去。刚进屋，马特洛索夫就问正在关门的巴沙大娘："巴沙大娘，你这儿有酒吗？""啊？酒？我没有。"巴沙大娘把门关好，走了过来。她不明白，深更半夜的马特洛索夫不睡觉，怎么抱着个孩子在雨里来回跑，也不怕被雨淋湿了得感冒。听巴沙大娘说没有酒，马特洛索夫又问道："巴沙大娘，能找些牛奶吗？"巴沙大娘有些糊涂了，不解地问马特洛索夫："你又要酒，又要牛奶，这是怎么了，马特洛索夫？"这时马特洛索夫

☆马特洛索夫进了巴沙大娘的屋，急切地问："巴沙大娘，你这儿有酒吗？"大娘说："我没有。"他又问："能找些牛奶吗？这孩子冻坏了，也饿坏了，我想用酒给她擦一擦身子。"

对巴沙大娘说道："具体你不明白，你看……"一边说，马特洛索夫一边把包裹着孩子的衣服打开了，巴沙大娘看着孩子可怜地说道："在你怀里都湿透了，快给我吧。"巴沙大娘接过了孩子抱在自己怀中，这时马特洛索夫说道："这孩子冻坏了，也饿坏了，所以才跟你要些酒，想用酒给她擦一擦身子。"

听了马特洛索夫的话，巴沙大娘对他说道："先等一会儿吧。"然后巴沙大娘将孩子放在了床上。马特洛索夫这才从旁边拽了把椅子过来，坐在了上边。巴沙大娘刚把孩子放到床上，孩子就"呜呜"地哭了起来。巴沙大娘一边用干毛巾擦着孩子身上的雨水，

☆巴沙大娘接过孩子放在床上，问马特洛索夫："她是谁，萨沙？""萨沙"是人们对马特洛索夫的昵称。马特洛索夫回答："在火车站捡到的，她的父母在路上被炸死了。"

一边扭过头问马特洛索夫："她是谁，萨沙？""萨沙"
是熟悉马特洛索夫的人们对他的昵称。马特洛索夫告
诉巴沙大娘："我和同学们在火车站卸火车的时候捡
到她的，她的爹妈在路上被炸死了。她哭得可厉害
了，可不是一般的厉害，巴沙大娘。""可怜的孩子！"
巴沙大娘一边给孩子擦拭着，一边心疼地对马特洛索
夫说道。战争太可怕了，不但夺去了人的生命，更可
怕的是让这些无辜的孩子失去了亲人，没有了依靠，
连生存的力量都没有了。巴沙大娘也痛恨战争，她想
不到，这么小的孩子，突然就失去了父母，她以后可
怎么办呀。孩子现在还小，她不懂什么是死亡，但是
总有一天她会知道的。

　　这时，马特洛索夫从椅子上站了起来，走到床前
接着说道："我们刚开始把她送到救助站里去了，大
娘。她叫丽达，救助人员会想办法，有的送到孤儿院，
有的就给了人家。正好有一个女人，想把丽达抱回
去……"这时巴沙大娘说道："那个女人心肠太好了。"
马特洛索夫接着说："是啊，心肠挺好的。可是小丽达
哭得那样厉害，可怜极了，巴沙大娘，她抱着我的脖
子就不撒手，哭得她哪儿都不愿意去。"稍微地停顿了
一下，马特洛索夫接着说道："我真可怜她，我说不出
话来……"一边说，马特洛索夫一边用手把头上湿漉漉
的帽子往上抬了抬，然后说道："你是知道的，巴沙大
娘，我也是这样，没有一个亲人，所以我就把她抱来
了。要是行，就先让小丽达在你这儿住着，别的就回

— 9 —

头再说吧。"这时，马特洛索夫将目光从躺在床上的小丽达身上转移到了坐在床边的巴沙大娘身上，他接着说道："大娘你就放心好了，我挣钱也并不比别人少，你也知道。我是个六等铁工，养活着她吧，巴沙大娘。"巴沙大娘看着马特洛索夫说道："你当铁工才几天，小心你们教员登记的时候，把你的名字给漏了，你看看都几点了。"一说到时间，马特洛索夫这才想起来时间已经不早了，他一边拿包裹着孩子的湿衣服一边对巴沙大娘说道："你不说时间我都忘了。那行了，我先走了，巴沙大娘。"巴沙大娘对马特洛索夫关心地说道："走吧，走吧。"这时躺在床上的小丽达也不哭

☆马特洛索夫接着说："她叫丽达，她哭得很厉害，抱着我的脖子，哪儿也不去，我真可怜她，我也没有一个亲人，所以我就把她抱来了。要是行，就让她先在你这儿住着，我来养活她。"

了，学着巴沙大娘的语气对马特洛索夫说道："走吧，走吧。"看到小丽达不哭了，巴沙大娘开心地对小丽达说："一会儿咱们洗个澡，牛奶应当能找到一些……你快走吧，萨沙。"马特洛索夫这才对小丽达说道："听话，小丽达，再见。""再见。"可爱的小丽达躺在床上看着马特洛索夫急急忙忙地跑了出去。这时，巴沙大娘对小丽达说道："乖，一会儿喝点儿牛奶啊。""嗯！"小丽达听话地回答着。

　　巴沙大娘收下了这个孩子。马特洛索夫冲出巴沙大娘家的门，来到了街道上。雨还在下着，比刚才更大了。大雨砸在地上、房上，传出噼噼啪啪的声响，给这个昏暗的夜晚带来一丝丝寒意。马特洛索夫从巴沙大娘家出来后冒雨走在他所在的工业学校的院子里，他听到学校的广播正在雨中报告着战争的消息："今夜，德国法西斯匪帮，从各个地区向我军的防御阵地开始了疯狂地进攻。我军战士的士气，极为昂扬，没有沮丧，战士们表现出了极大的英勇和刚强……"马特洛索夫站在瓢泼的雨中，听着广播里那低沉的声音。他想着现在躺在巴沙大娘家床上的小丽达，她就是战争的牺牲品。由于德国法西斯的罪恶入侵，小丽达就这儿突然地失去了父母。这对一个如此弱小的孩子来说，是一种毁灭性的打击。马特洛索夫从小丽达身上联想到了自己，自己从小也是个孤儿，当看到别的孩子沉浸在父母的怀抱里，在家人的关怀和呵护下开心地成长时，他的心里，有的只是一种不

可言表的难受。现在，由于战争，更多的孩子沦为了
孤儿，小丽达仅是众多孤儿中的一个而已。

☆巴沙大娘收下了这个孩子。马特洛索夫从大娘家出来后冒雨走在他所在
的工业学校的院子里，听到广播正在报告着战争的消息："德军向我军
防御阵地开始了疯狂地进攻……"

　　这天夜里，雨一直就这样噼噼啪啪地不停地下
着，落在地上，落在房顶上，落在行人的头上，重重
地砸在人们的心里。在马特洛索夫所在的工业学校的
宿舍里，同学们谁也没有睡觉，大家都在为战争忧
虑。德国法西斯极端分子希特勒竟然撕毁苏德互不侵
犯条约，公然向苏联开战，这大大出乎苏联人民的意
料，也让苏联人民有些措手不及。战争带给人们的只
有灾难、痛苦和无尽的死亡、无尽的伤残、无尽的痛

苦。面对德国法西斯的侵略，苏联人民并没有妥协，没有气馁，从军人到工人再到农民以及普通百姓，大家都投入到了抵抗德国法西斯侵略的卫国战争当中。此时，躺在工业学校宿舍里床上的马特洛索夫的同学们也一样，听着在窗外雨声陪伴下的广播。同学们一个个义愤填膺，恨不得能扛起行囊，拿上手榴弹，背上机关枪，冲到战场上与德国法西斯们一战到底……这时，忽然听到窗外传来一阵长长的口哨声，大家知道，这是马特洛索夫回来了。

☆这天夜里，学校的宿舍里谁也没有睡觉，大家都在为战争忧虑。忽然窗外传来口哨声，大家都知道，这是马特洛索夫回来了。

听到这熟悉而又响亮悠远的口哨声，本来就没有睡着的同学们更是一个个精神抖擞地坐了起来，所有人的睡意都没了。大家唧唧喳喳地小声说着什么，等着马特洛索夫回来。一个同学怕大家的动静太大，会引起值班教工的注意，他把手指放到嘴上"嘘……"的一声示意大家小声些。然后同学们悄悄地穿上鞋子，来到窗前，打开窗户，看到马特洛索夫从雨中走来。一个同学对另一个同学说："德鲁克，你去看门。""好！"德鲁克一边答应着一边往门口走去，大家担心此时会有值班的教工进来，马特洛索夫这时要被抓住可就麻烦了。"萨沙，来！"一个同学一边小声地叫着马特洛索夫，一边把手伸向了窗外。这时德鲁克说道："没事，教工不在，爬进来吧。"在同学们的帮助

☆大家等马特洛索夫进来后立刻围住他，关心地问小丽达怎么样了。马特洛索夫说她哭得都没劲儿了。

下，马特洛索夫从窗户外爬了进来。进了屋子，他脱下了能拧出水的湿外套，一个同学忙接了过来，另一个同学说道："要把衣服打开，晾干了，知道吗?"然后大家立刻围住了马特洛索夫，关心地问小丽达怎么样了。马特洛索夫把头顶上湿漉漉的帽子摘下来，说道："她都哭得没劲儿了。"

"八成是饿的。"一个同学说道，另一个同学说："当然会哭了，一个炸弹下来，爹妈都不见了，能不哭吗。"马特洛索夫听了说道："她还小，还不懂这个。""那她为什么还要那么哭?"一个同学问道。马特洛索夫说道："小丽达有个洋娃娃叫卡蒂，不知道

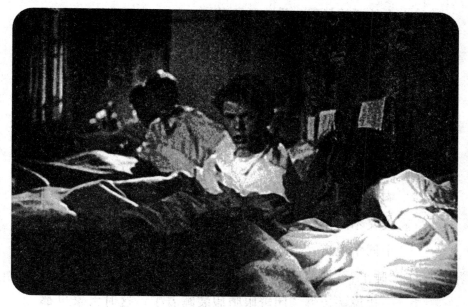

☆大家躺在床上，想着被德军炸死了父母的可怜的小丽达，心中充满了对德寇的仇恨和对小丽达的同情，又想到目前战场上的严峻局势，谁也睡不着。

怎么丢了。"这时旁边的一个同学拿了些零钱递给马特洛索夫，说要给小丽达买个新的洋娃娃。"去你的吧，早给她买新的了。"看到大家都关心这个可怜的小女孩，马特洛索夫很开心。他对大家说道："买的这个可好了，不但衣服很漂亮，还有长长的头发。她的眼睛还会睁、会闭，还会叫妈妈呢。可是，丽达不要这个，就要她丢的那个卡蒂，还哭呢。""真可怜，你们看法西斯多野蛮啊。"一个同学生气地说道……大家躺在床上，却无论如何也睡不着，想着白天被德军炸死了父母的可怜的小丽达，心中就充满了对德寇的无比仇恨和对小丽达的极大同情，又想到目前战场上的严峻局势，谁也睡不着了。

马特洛索夫躺在床上对同伴说道："我们躺在床铺上，铺着干净的床单，盖着白色的被单，舒舒服服的，老教师加费里洛维奇像咱们的保姆，精心地照顾着咱们。可是前方的战士们趴在战壕里，打着仗，还会面临牺牲……""是啊！"同伴们说道。这时老教师加费里洛维奇听到宿舍里有动静，便走了进来。"好啊！真好呀！你们。又说上话了，不睡觉，是不是白天又不用干活了？"加费里洛维奇看着大家说道。一个同学说道："加费里洛维奇老师，我们已经睡了。""睡了？"加费里洛维奇故意问道。"睡了。"这个同学一边说一边继续闭着眼睛假装睡着了。这时大家也都默不作声了，都装作睡着了。"我在这儿坐着不动，瞅着你们睡觉。"加费里洛维奇一边说，一边拿了把

椅子坐在了宿舍当中。"睡吧，你们好好睡吧！"加费
里洛维奇看着大家说道。大家都不说话，继续装睡。
没过多久，一阵鼾声传来，打呼噜的不是别人，正是
加费里洛维奇老师。

☆马特洛索夫躺在床上对同伴说："我们躺在床铺上，盖着白被单，舒舒服
服的……可是前方的战士们趴在战壕里，打着仗，还会面临牺牲……"

此时，马特洛索夫还没有睡，他一点睡意也没
有，脑子里全是战争的事情。他坐了起来，悄悄地问
旁边的同伴："郭士甲，你睡了吗？""没有。"郭士甲
答道。然后马特洛索夫向郭士甲做了一个过来的动
作，郭士甲也坐了起来，凑到马特洛索夫旁边。马特
洛索夫对郭士甲说道："我在军事委员会找上关系了，
也许会要咱们。你要跟我一块儿去吗？"郭士甲看着

马特洛索夫说道："那你还问什么,当然了。"马特洛索夫继续说道："如果这个关系不成的话,再找市委青年团去,找中央。我们给斯大林同志写信,我们去保卫祖国,谁也没权利干涉我们。""对的,萨沙!"郭士甲赞同地说道。马特洛索夫继续说道："那你可要知道,我们说到哪儿就到哪儿,我们要同甘苦、共患难,绑在一块儿。"郭士甲听了马特洛索夫的话后说道："我起誓,萨沙!无论在什么时候都不能忘,同甘苦、共患难。不论什么时候,不准害怕,不准变

☆马特洛索夫悄悄地和郭士甲商议："我在军事委员会找上关系了,咱俩一块儿去?"郭士甲同意。马特洛索夫说:"我们给斯大林同志写信,我们去保卫祖国,谁也没有权利干涉我们,我们说到哪儿就到哪儿,同甘苦、共患难。"郭士甲说:"我起誓,萨沙!"马特洛索夫说:"我也起誓!"

心！"马特洛索夫说道："我也起誓。不能光顾自己，存有私心。要为了朋友和同志，付出一切！谁要是变了心……"郭士甲接着说道："那你就别把我当人看。"马特洛索夫说道："我要是变了心，你就打死我！"

第二章

入伍从军

火车站的站台上，很多青年人入伍上前线，送亲
友的人很多，有父母来送儿子的，母亲拉着儿子的
手，看上去是那么的依依不舍；有女朋友来送恋人
的，更是难舍难分的场景；还有老师来送学生的，平
时学生的调皮、老师的严厉，都不见了，有的，只是

☆火车站的站台上，很多青年人入伍上前线，送亲友的人很多，军乐队奏
　着雄壮的乐曲，一片热闹的景象。

那种不舍……熙熙攘攘的车站里，人们互相道别着。一支人员众多、乐器齐全的军乐队奏着雄壮的乐曲，在车站上行进。各式各样的乐器在这里汇集，有长号，有短号，有单簧管，有双簧管，有短笛，有圆号，有大鼓，有大镲，有萨克斯等各种乐器一起演奏，让整个火车站都沸腾了，呈现出一片热闹的景象。

马特洛索夫和郭士甲也要上前线了，老教师加费里洛维奇来送他们，对他们说道："我在这儿说话，在你们心里，一定又要发笑。这老头又唠叨了，又说

☆马特洛索夫和郭士甲也要上前线了，老教师加费里洛维奇来送他们，叮嘱他们说："你们现在要到另外一个学校去了，战争是个残酷的学校，在这里你们可以不听我的话，但在战场上不听上司的话就是叛变。打仗是要学习的！"

笑了。""你说的这是哪儿的话，加费里洛维奇。"马特洛索夫说道。加费里洛维奇不以为然地说道："你们笑话我，我知道，特别是你。"一边说，加费里洛维奇一边看了看马特洛索夫，接着叮嘱般地说道："在这儿你们很随便，你们打架、淘气，我原谅你们。现在已经不同了，你们要到另外一个学校去了，战争是个残酷的学校，加费里洛维奇说话是可以当耳旁风的，没什么，还是慈祥的。可是打仗，在战场上要是不听上司的话，就是叛变了。打仗是要学习的！"这时，郭士甲刚要说什么，加费里洛维奇接着说："我知道，你们从小只知道，打仗只是冲啊、冲啊，但实际上不是这样的，打仗是一份工作，是战术，是科学！"

这时一个同伴吆喝马特洛索夫："萨沙！""干吗？"马特洛索夫问道。这个同伴对马特洛索夫说道："巴沙大娘来了，小丽达也来了。""在哪儿呢？"一听说巴沙大娘带着孩子来了，马特洛索夫特别高兴。"在那边，那不是嘛！"同伴说道。马特洛索夫连忙跑了过去，只见巴沙大娘头上罩着头巾，抱着用衣服包裹着的躺在怀里的小丽达，正在人群中寻找着马特洛索夫。"我以为你不能来了呢？"马特洛索夫激动地对巴沙大娘说道。巴沙大娘指着怀里抱着的小丽达对马特洛索夫说道："你看，她在路上睡着了，要不早到了。""睡着了，那好极了。"马特洛索夫说道。"这有什么好的，等会儿醒了，不知道要怎么哭呢。"巴沙大娘说道："还是叫醒她吧！""别叫了，她害怕火车站呢。火车一叫唤，她就吓得不知道怎么好了，浑身直颤抖。"马特洛索夫说道，他看了看睡得香甜的小丽达，说道："巴沙大娘，你照应她吧，我们两个都没有爹妈，你就把她当做我的妹妹吧。"

☆巴沙大娘抱着小丽达也来送行，小丽达睡着了，马特洛索夫怕她哭，没敢叫醒她，他对巴沙大娘说："我们两个都没有爹妈，你就把她当做我的妹妹吧。"

"麻烦你了，巴沙大娘！"马特洛索夫客气地说道。巴沙大娘看着怀里这个睡得正香的可怜的小丽达，对马特洛索夫说道："你不用惦记，好好地去打仗吧！"望着这位善良的大娘，马特洛索夫心中无限

感激。这时，火车的汽笛拉响了，汽笛声响彻了整个
火车站。巴沙大娘怕这响亮的汽笛声吵醒怀中睡觉的
小丽达，忙往自己的怀里又使劲地抱了抱。火车就要
开动了，马特洛索夫深情地吻别巴沙大娘。他就要走
了，就要上前线了。一个亲人也没有的马特洛索夫一
直视巴沙大娘为自己的亲人，因为她照顾和帮助他太
多了。现在，小丽达的遭遇，让马特洛索夫深感同
情，她还小，一无所知，不知道什么是死亡，什么是
失去。可马特洛索夫懂得这种感受，他深有体会。现
在，小丽达就是他最大的牵挂，他希望小丽达能快

☆巴沙大娘说："你不用惦记，好好地去打仗！"望着这位善良的大娘，
马特洛索夫心中无限感激。火车就要开动了，他深情地吻别巴沙
大娘。

乐、健康地成长起来。他希望自己再回来时，小丽达
还能认得出自己！

　　同巴沙大娘和小丽达告别后，马特洛索夫兴奋
地和来欢送他的同学们告别。临别时，他特别嘱咐
同学们："别忘了我的丽达，如果出了什么岔子，我
可不答应你们。""放心吧！""快上车吧！""交给我
们吧"……同学们你一言我一语地说道。虽然小丽
达由巴沙大娘照看，但是，马特洛索夫知道，巴沙
大娘毕竟上了年纪，小丽达却还小。巴沙大娘马上
也该需要人照顾了，不知道她能照看小丽达多久。
还有，小丽达的生活也需要钱，巴沙大娘本来生活

☆马特洛索夫兴奋地和来欢送他的同学们告别，他特别嘱咐同学们："别
　忘了我的丽达，如果出了岔子，回来我可不答应你们。"

就不宽绰，手头很拮据，哪里有多余的钱来养活小丽达？虽然在走时，马特洛索夫已经将自己差不多所有的钱都留给了巴沙大娘，让巴沙大娘跟小丽达用这些钱来生活。可如果巴沙大娘生个大病什么的，那些钱还是不够。所以他让同学们都要多多帮助和照顾巴沙大娘与小丽达，要经常过去帮巴沙大娘做做家务、搞搞卫生，常陪陪她们，还要经常带小丽达出去走走，认识下外面的世界。最后，马特洛索夫与加费里洛维奇告别，加费里洛维奇对他说道："保重吧，萨沙，愿你带着胜利回来，我还在这个站台上迎接你！"松开紧握着马特洛索夫的双手后，加费里洛维奇掏出手帕，默默地将眼角的泪水擦去了。在欢快的乐曲声和人们的欢呼声中，火车载着希望与寄托慢慢地远去了……

火车上，正在举行着一个入党发展会，此时，就听有人说道："伊万同志，谈谈你的历史吧！"马特洛索夫有点儿不明白这是干什么，问身边的郭士甲，"入党会议！"郭士甲说道。这时申请入党的伊万说道："不知道从哪儿说起啊！""你就说说是哪儿的人，父母是谁，你的履历。"旁边主持入党发展会的一个上尉说道。伊万便开始诉说自己的履历："你说我这辈子，上尉同志，可真够零碎的。起先我本是个庄稼人，后来当了工人，又当过兵，这不明摆的事儿嘛。""按照顺序说吧。"那个上尉说道。伊万说道："我父亲一辈子给地主扛活儿，受苦受累，我们一家六口人一丁点儿地，还要吃要穿。就在我决定入党的那天晚上我想了一夜，可是整整的一夜。我觉得我呀，可以说是入党最合适的人了。就这样。"伊万终于说完了。这时车上有人说道："可别老王卖瓜，自卖自夸。"伊万一听有人这样说，有些不高兴了，他说道："我可不是自夸，那你说说，1918年我哥哥从察里金来了封信，我就偷偷跟我哥哥到前线打仗去了。"这时一个人说道："那时斯大林同志正好在察里金呢，你就没碰巧遇到他一回？"

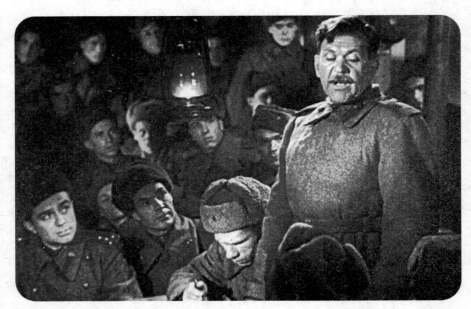

☆火车上正在举行着一个入党发展会，申请入党的老同志伊万诉说着自己的履历："我父亲一辈子给地主扛活儿，受苦受累，一家六口人一丁点儿土地，还要吃穿……在我决定入党那天我想了一整夜，我觉得我是入党最合适的人了……"

伊万说道："听倒是常听说，但见却只见过一面。斯大林同志在视察战壕，还和战士们谈过话。但我没敢往前凑，因为那时我才 17 岁。"

一听说伊万 17 岁就参军了，郭士甲很兴奋地对坐在身边的马特洛索夫说道："他参军时也 17 岁。"马特洛索夫点了点头。郭士甲之所以这么激动，是因为他和马特洛索夫都是 17 岁，不过他要比马特洛索夫大上几个月。他为自己能 17 岁当兵感到骄傲和自豪，更感到兴奋。伊万接着说："1921 年打完仗，我退伍回了老家。可正好赶上五年计划开始，到处盖拖

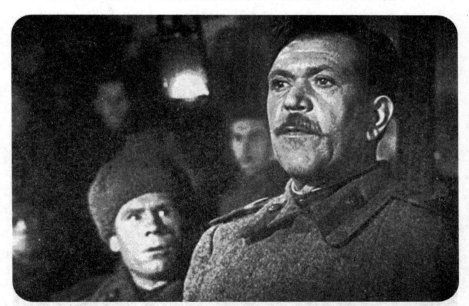

☆伊万接着说："后来我参军去打仗，1921 年我退伍回了老家。我去察里金修建拖拉机厂，本来想当一辈子工人，结果又回到乡下。集体农庄成立了，我当了农庄主席。"

拉机厂，我到哪儿去呢？我得找个地方去吧，不能总等着啊，于是我就去了察里金建拖拉机厂。本来干得不错，我想那就当一辈子工人吧，可是结果，又回到了乡下。后来，集体农庄成立了，我就想老兄这回我的好日子可算到了……"　"是庄员吗？"旁边有人问道。伊万答道："农庄主席。"大家都像在听传奇故事般，认真地听着伊万同志讲述自己的历史。他的经历很丰富，也很曲折，大家都想从中学到些什么。

正在这时，火车厢外边响起了"呜……呜……呜……"的警报声，坐在座位上的上尉对大家说道："同志们，注意，空袭警报。"听了上尉的话，大家

☆正在这时车外响起了空袭警报，敌人的飞机又开始轰炸了，炸弹在火车周围爆炸着，大家毫不畏惧，轰炸过后，会议继续进行。

忙把自己的钢盔帽重新戴好，以防不测。伊万此时也停止了演讲，这时上尉看着站在门口处的战士说道："离门远一点儿……"话音还没落地，就听"轰"的一声，门被炸开了，还没来得及走开的战士差点儿被炸得飞了起来，大家忙伸手拉了他一把，他才没被甩出去。伊万看着刚才差点儿被炸着的战士，笑着说道："我看你老兄还是找个地方躲一躲吧，这有什么可怕的？"大家听了都哈哈大笑起来。很快，敌人的这轮轰炸就过去了，敌人的轰炸并没有对列车和车上的战士们造成多大伤害。这时有人说道："咱们的入党发展会还得继续开下去，有问题吗？"这时上尉问站在中间的伊万："在哪次战役中你得的英雄奖章？"

　　伊万回答道："在苏芬战役中，我获得了英雄奖章，上尉同志。"这时有战士问道："你的孩子呢？怎么不把他们提一下呢？"听了这个战士的疑问，伊万说道："小儿子在大学念书，将来要成为一个生物学家；大儿子是个少尉，正在南线作战呢；我还有个姑娘，也还在学校念书。""那没说得了。"提问题的战士听了伊万的回答自言自语地嘟囔了一句。旁边有人在做着记录，将战士们问的问题和伊万的回答都写了下来。这时上尉问大家："谁还有问题，谁还有意见，现在可以提出来。""就这么说谁还有意见呢？没意见了。""没什么意见！""说得很详细，身世和经历都经

得起考验，没什么意见。"周围的战士们纷纷说道。看大家都没意见了，这时上尉同志对大家说道："要是都没意见了，那么咱们现在开始表决，党员请把党员证准备好。"看大家都准备好了，上尉同志说道："同意伊万同志入党的，请把党员证举起来……有弃权的吗？好，全体通过！"就这样，伊万同志申请入党表决通过。

☆伊万继续说："在苏芬战役中，我获得了英雄奖章。小儿子在大学念书，将来要成为一个生物学家；大儿子正在南线作战；还有一个女儿也在念书。"伊万说完后党员们举起党员证表决通过。

"恭喜你，伊万同志！"上尉热情地同伊万握着手，他代表党，对伊万的加入表示欢迎与祝贺。看到伊万入党发展会这一幕，郭士甲对旁边的马特洛索夫说道："人家伊万这才叫人生呢，打过仗，做过工，看见过斯大林！可是我呢，生下来就念了几天书。"马特洛索夫目睹了这一切，他非常羡慕，他感觉到自己距离一个党员的标准还差得很远。这次伊万在火车上的入党发展会，对马特洛索夫是一种很大的鼓舞，也是一种刺激。他第一次近距离地感觉到了党的神圣与伟大，第一次感觉到党员的荣耀和自豪。在他的心里，已经暗暗地有了一个目标，争取早日成为一名合格的党员！

☆党组织对伊万同志表示祝贺。马特洛索夫目睹这一切非常羡慕，他感到自己距离一个党员的标准还差得很远。

深夜，火车的速度慢了下来，最后在一个小站停住了。这时，站台上传来了集合号的声音，车厢的门

都打开了，队伍下火车集合，马特洛索夫瞪大眼睛有些不知所措。在队伍中，马特洛索夫问站在前边的战友问："到哪儿了？"刚入党的伊万说了句："谁知道呢？"看来这个老兵新党员也不知道这是到哪儿了。马特洛索夫又问旁边的战友："这是到哪儿了呢？""不知道！"旁边的战友回答道。怎么都不知道到哪儿了呢？难道这就是战场了？还是先到这么个地方训练

☆火车到了一个小站，队伍都下了火车集合，马特洛索夫瞪大眼睛不知所措，他问战友："到哪儿了？"伊万说了句："谁知道呢？"这时命令已下，部队列队前进。

呢？马特洛索夫一头雾水，他很想知道现在是到哪儿了，离真正的前线还远不远，他们到这儿是来干什么的……一连串的疑问在马特洛索夫脑子里盘旋着。

"立正……向左看齐……向前看……向左转……齐步
走……"随着命令口号的下达，整齐的部队在夜色中
开始列队前进。

第三章

邂逅玛莎

这里像是一个大的前线军营阵地，探照灯不停地转来转去，还有好多战士在这里，部队一边列队前进，一边唱着雄壮有力的歌。他们前进的脚步停下来了，这时一些女兵围住了他们，女兵中有人说道："哎，看，是西伯利亚人。""不是，这怎么是西伯利亚人呢！""我敢说，一定是西伯利亚人！""别吵了，我们去问问不就知道了。"女兵中有人嚷嚷着。这时一个女兵问道："你们是西伯利亚人吗？从哪儿来呀？"马特洛索夫说道："也有西伯利亚人，怎么了？"这个女兵说道："我说得对吧。西伯利亚人都是好战士，也是好猎人。"马特洛索夫听了说道："不是在其它地方也能找到好战士吗？你说是吧！"最后马特洛索夫看了看身后的战友，战友配合地说道："那是当然。"马特洛索夫问女兵："你们是干什么的？"女兵答道："我们是青年团员。"马特洛索夫说道："我们也是青年团员，我们可不是应征来的，我们是志愿兵。""我们也是志愿来的。"女兵说道，然后又问：

"你们是大学生吗?"马特洛索夫回答道:"干嘛是大学生,我们是工科学校来的,我们是铁匠。""我们那儿也有铁匠。"女兵们嚷嚷着,"我们那儿也有从工厂来的。""那我们做个朋友吧!"马特洛索夫说道。"好的!"站在前边的女兵答应道。

☆部队停了下来。一些女兵围住他们问:"你们是西伯利亚人吗?从哪儿来?"马特洛索夫说:"没有西伯利亚人,怎么了?"女兵们说:"西伯利亚人都是好战士,也是好猎人。"马特洛索夫问:"你们是干什么的?""我们是青年团员。你们是大学生?"马特洛索夫说:"我们也是青年团员,是志愿兵,是工科学校来的,我们是铁匠。"

马特洛索夫刚要问这个女兵的名字,空中突然传来了"呜……呜……呜……"的刺耳响声。"空袭警报!"战士们叫喊着。这时就听到有人大声吆喝道:"赶快散开,别聚在一起,动作要快。"在警报的鸣叫下，大家四下分散开来。数十盏明亮的探照灯一起向天空来回不停地照射着，马特洛索夫站在原地没动，看着大家都在找地方隐蔽、躲藏。姑娘们也都回到了自己的队伍里，在空袭的警报声中离开了……马特洛索夫面临的战争生活就这样开始了，从此马特洛索夫从一名工科学校的学生变成了一名战士。他手里拿着的不再是笔杆子，而是枪杆子。头上戴的也不是以前的学生的软布帽，而变成了现在厚厚的、硬硬的钢盔帽。他的生活从此与在学校的生活无关了，但这里更像是一个大的学校。这里比学校纪律要更严明，制度

☆这时，空袭警报响了，姑娘们都回到自己的队伍里离开了。马特洛索夫面临的战争生活就这样开始了，从此，马特洛索夫从一名工科学校的学生变成了一名战士。

要更完善，任务也更艰巨。马特洛索夫开始适应部队的生活了。

马特洛索夫健壮起来了，他开始了新的生活，在全新的生活里，马特洛索夫在硝烟和风雪里成长着，锻炼出坚毅而勇敢的魂魄。他学会了搏斗、射击、冲锋，他的抗敌情绪也日益高涨，面对杀敌的决心，他信心百倍。他不畏严寒，不怕雪冻，任凭风雪打在他的脸上，雪水和汗水融化在他的脖子里，将他与雪白的大地融为一体。他勇敢地练习着杀敌的本领，他要学到更多知识，要变得更强，他要将

☆在全新的生活里，马特洛索夫在硝烟和风雪里成长着。他热爱祖国，为了祖国的美好未来，他战斗在战场上。在前线深深的雪地战壕里，他聆听着伟大领袖斯大林的讲话。

罪恶的入侵者——德国法西斯，消灭在他所热爱的祖国土地上。他英勇杀敌，勇往直前，他用实际行动。用杀敌的本领来诠释着他当兵的意义。他热爱自己的祖国，胜过了热爱自己的母亲，尽管他从小就没有了父母，成为了孤儿，但他一直是向往那份母爱和父爱的。现在，为了祖国的青春，为了祖国的明天，为了祖国的美好未来，他奋勇地战斗在战场上。在前线深深的雪地战壕里，他认真地聆听着伟大领袖斯大林的讲话。

阵地前沿，高悬着扩音器的白桦树在炮弹的轰炸下摇摇晃晃，有的甚至不堪炸弹地凌辱，壮烈地倒下

☆"同志们，全世界都在看着你们，你们是摧毁德国侵略强盗的伟大力量，在德国侵略下的全国人民都把你们当做解放者……"

了，但伟大领袖斯大林同志的声音依然是那么的响亮，那么的清晰，响遍了阵地的每一个角落，传进了每一个战士的耳朵里，并驻扎在他们的心中。"所有的战士、指挥员、政治工作人员、男女游击队员：同志们，全世界都在看着你们，你们是摧毁德国侵略强盗的伟大力量，在德国侵略下的全国人民都把你们当做解放者……"

在战场上，伟大领袖斯大林的话是那么鼓舞人心。他的话，让整个被深深的积雪覆盖的战壕变得不再那么寒冷，使每个战士的心里都是如此的温暖。他们好像看见，伟大领袖斯大林同志来到了战争的最前沿，正在指挥着他们与敌人奋战。伟大领袖斯大林的话在每个人的耳畔回响着，他的话就像是一股强大的动力源泉，被注入到了在战场上的每一个苏联同胞身体里，让无尽的热血在寒风中沸腾着……

在白雪的映衬下，战士们更加高大和挺拔了，全体战士都在静静地听着："伟大的解放全苏联的使命落在你们的身上，你们要担负起这个使命来，你们在进行着一个正义的解放战争。"马特洛索夫和战士们一样，站在深深的战壕里聆听着广播中领袖的声音，他的心，仿佛已经属于了整个国家，属于了全苏联。马特洛索夫在想："我们的领袖斯大林同志说得对，解放全苏联的重担就在我们的肩上，我们

是在为了祖国而战。罪恶的德国法西斯分子，公然
来入侵我们苏联，他们的恶行让苏联人民愤恨，让
全世界的人民感到不齿。为了我们的家乡，为了我
们的亲人，为了我们的民族，为了我们的国家，也
是为了我们自己，我们一定要将德国法西斯侵略者
消灭掉。自古以来，正义的战争是必胜的，尽管胜
利有时来的会晚一些，但正义永远是不可战胜的。
我们要担负起这个伟大而神圣的使命，决不能让德
国法西斯侵略者得逞！"

☆全体战士都在静静地听着："伟大的使命落在你们的身上，你们要担负
　起这个使命，你们在进行着正义的解放战争。"

　　广播里的声音是那么的亢奋有力，那么的激动人
心："让我们伟大的先列鼓舞你们战斗吧！让伟大的

列宁旗帜来保护你们吧！彻底击毁德国法西斯侵略者！我们可爱的祖国万岁！自由独立万岁！"斯大林同志的讲话激励着每一个战士。在全苏联的反德国法西斯侵略者的战场上，到处都飘扬着印有弗拉基米尔·伊里奇·乌里扬诺夫（列宁）头像的旗帜。马特洛索夫全身心地投入到了卫国战争之中，他要将满腔的热忱化作奋勇杀敌的动力。此时，对伟大祖国的忠诚，对伟大祖国的热爱，都表现在了战场上。战争是一门功课，战场就是一所学校。在这所学校里，马特洛索夫认真、刻苦、努力地学习着这门功课。这所学

☆"让我们伟大的先烈鼓舞你们战斗吧！让伟大的列宁旗帜来保护你们吧！彻底击毁德国法西斯侵略者！我们可爱的祖国万岁！自由独立万岁！"斯大林同志的讲话激励着每一个战士。

校没有毕业的那一天，除非战争结束。对于马特洛索夫来说，把德国法西斯侵略者消灭在他们所入侵的大地上，这才是对这所"学校"最好的回报，也是对伟大领袖斯大林的最好承诺。

马特洛索夫和他的战友们在战场上英勇顽强地同敌人战斗着，在他们的不懈努力和无所畏惧下，他们夺取了一个又一个的胜利。此时此刻，在马特洛索夫和他的战友们的心里，只有一个目标：彻底消灭德国侵略者，保卫自己的祖国！祖国是母亲，没有一个人不热爱自己的母亲，没有一个人不热爱自己的祖国。当我们的母亲、我们的祖国受到外敌

☆马特洛索夫和他的战友们在战场上英勇地战斗着，他们夺取了一个又一个的胜利。他们的心中只有一个目标：彻底消灭德国侵略者，保卫自己的祖国！

的入侵时，没有一个人会坐视不理，没有一个人会熟视无睹，每一个人都会拿起武器，想尽一切办法，来保卫母亲、捍卫祖国。现在，国家有难，匹夫有责！我们的所学，就是为了以后更好地去建设祖国，让祖国更加繁荣富强，人民更加幸福安康。可是，现在祖国有难了，伟大的祖国被万恶的德国法西斯侵略者入侵了。如果我们的祖国被外敌所占领，那么，我们存在的意义和价值将完全失去，那些曾经美好的愿望也将不复存在。要想把祖国建设得更加美好，前提是祖国要完好存在。我们要保卫伟大的祖国，保卫我们的家园，朝着敌人奋勇向前。

在一次激烈的战斗中，马特洛索夫和战友们在敌人密集炮火的攻击下奋勇作战。他们一个个头戴钢盔帽，手端冲锋枪，生龙活虎，在敌人的枪林弹雨中向敌方冲锋。忽然，一颗炮弹在马特洛索夫的身边爆炸了，爆炸产生的巨大冲击波夹杂着破碎的弹片，将他远远地抛了出去，重重地摔在了地上。就这样，马特洛索夫躺下了，他身受重伤，头昏昏沉沉的，脑子嗡嗡直响，一片空白。此时正是战争的关键时刻，战友们顾不上被炸伤躺在地上的马特洛索夫，大家都在英勇地冒着炮火向前进。这时，一个女兵发现了躺在地上奄奄一息的马特洛索夫。"西伯利亚人！"这个女兵就是他刚下火车到战场的

那个晚上遇到的那个人，当时马特洛索夫刚要问她
的名字，不巧的是，空袭警报突然拉响，没想到今
天在战场上遇到了。马特洛索夫隐隐约约地听到了
耳边有人说话，他想睁开眼，但眼皮沉得根本抬不
起来，只是机械地张了张干裂的嘴唇，然后就昏了
过去。这个女兵一看马特洛索夫伤情比较严重，便
急急忙忙地将他从战场上救了下来，送到了战地
医院。

☆在一次激烈的战斗中，马特洛索夫受了重伤，一个女兵发现了他，并把
他从战场上救下来，送到了战地医院。

在战地医院的帐篷里，好多在战场上受伤的战士
在这里治疗、休养。在战地医生的精心救治下，在这
个女兵的精心呵护下，马特洛索夫渐渐地苏醒了过

红色经典电影阅读
Hong Se Jing Dian Dian Ying Yue Du

来。那个女兵看着微醒的马特洛索夫，轻轻地用湿毛巾擦拭着他干裂的嘴唇，想以此来让他吸收一点点水分。马特洛索夫终于睁开了疲惫的双眼，他躺在简易的病床上，望着这陌生的一切，问道："这是在哪儿？""医务营里。"女兵看到马特洛索夫睁开了双眼，很是开心。"我好像在哪儿见过你。"马特洛索夫看着坐在身边的女兵问道，这个女兵引导式地对他说道："你还记得在火车站的时候吗？突然拉起了警报，接下来火车又开往前线。""前线？"马特洛索夫听到这个女兵说起前线，他想起了自己应当是在战场上的，

☆在战地医院里，马特洛索夫渐渐地苏醒了，那个女兵问他是否还记得刚下火车时他们的谈话。他终于想起了这个女兵。后来他听战友说，她叫玛莎。

— 52 —

忙关心地问道："前线现在怎么样了呀？"女兵看着虚弱的马特洛索夫说道："前线现在都很好，你躺着别动了。"这时马特洛索夫好像想起这个女兵来了，对着她说道："噢，我想起来了，我们还没来得及……""对了，没来得及介绍。你快好好躺着吧。"女兵抢着说道。这时，战地医生过来对女兵说道："玛莎，一会儿准备抢救前线下来的伤员，你要做好准备。""是！"这个叫玛莎的女兵从床边站起来回答道，然后跑着去准备了。

马特洛索夫这才知道，这个女兵叫玛莎。战地医院考虑到马特洛索夫的伤势比较严重，在这里不利于身体的恢复，因此决定将他送到后方医院去进行治疗和休养。玛莎接到命令，奉命来安排马特洛索夫转院，听了玛莎要求自己由战地医院转到后方医院的命令后，马特洛索夫极不情愿："为什么要把我送到后方医院去呢，玛莎？这到底是为什么？我不想去！"玛莎看着躺在简易病床上一副倔强表情的马特洛索夫说道："你要好好躺着，马特洛索夫，你要安静地休养，这样你才能活下去，才能更快好起来。"马特洛索夫对玛莎说道："我在这儿一样会很快地好起来的，很快的。两个礼拜以后，我就可以归队了。""我说你真能忍耐，知道你受的伤多么严重吗？"玛莎对马特洛索夫说道。看着玛莎坚决的表情，马特洛索夫口气缓和了些说道："别把我往后方

医院送了，昨天晚上我一夜没有睡觉。只要我一闭
上眼，就能想到我们最后的冲锋，当大家都在高喊
着'冲啊……冲啊……'时，却突然有一个东西重
重地撞在了我的胸口，于是我就感觉到天摇地动，
然后我便倒下去了。很久很久都起不来，我好像看
到了我自己的一生……"

　　"你看到自己的童年了吗？"玛莎认真地问马特洛
索夫。马特洛索夫说道："不是，玛莎，我仿佛见到
未来的许多日子，一切一切。看见了我在大学念完了
书，还当上了工程师，好像是一个很大很大的工厂。

☆战地医院考虑马特洛索夫的伤势比较重，因此决定把他送到后方医院
　去。他不愿意离开战场，对医生说："别送走我，我在这里会养好的。"
　医生不同意。

最后，好像在雾里似的，突然来了一个姑娘，她问我，'西伯利亚人?'"玛莎接着说："那你回答说：'不，我是乌克兰人。'"听了玛莎的话，马特洛索夫说道："对的。"这时战地医生过来了，指着马特洛索夫对玛莎说道："把这个病人送到第二中队去。"战地医生刚说完，只见两个人已经将马特洛索夫的简易床抬了起来，马特洛索夫忙对战地医生说道："上尉同志，别送走我，我在这里会养好的，好吗？上尉同志！"战地医生看了马特洛索夫一眼说道："在这里不行，你还是到那儿去吧。"

　　"赶快把这个病人抬走。"战地医生对抬着马特洛

☆马特洛索夫把玛莎叫到跟前对她说："我会永远把你记住的。"在战友的催促下，马特洛索夫只好同意把自己抬走了。

索夫的两个人说道。马特洛索夫忙说道："再多等一等。玛莎……"马特洛索夫此时有话想对玛莎说。这时玛莎走了过来，看着马特洛索夫说道："怎么了，马特洛索夫？"马特洛索夫看着玛莎说道："你知道吗？玛莎，我永远都会把你记住的。"这时抬着马特洛索夫的军人说道："行啦，别说了，咱们快走吧，小心一会儿再让炮弹震了你的魂儿。听见了吗？""好吧。"马特洛索夫极不情愿地被抬走了。马特洛索夫非常不愿意离开这里，主要有两方面的原因：一是因为这是战地医院，离前线近，自己什么时候好了，随时都可以马上重返战场。第二嘛，就是因为，这有玛莎在，感觉有玛莎照顾自己，自己的伤会好得更快。所以马特洛索夫才不愿意离开这个战地医院，尽管后方医院的医疗条件、医院环境、陪护待遇等都要比战地医院好，特别是安全性方面，至少后方医院不会突然遭到敌人炮火的袭击，而战地医院就不同了，战地医院都是临时性的，也没有固定的设施，流动性很强，当然随时都有可能遭到敌人炮火的轰炸，所以可以说根本没有什么安全性可言。但为了能重返战场杀敌，为了能看到玛莎，马特洛索夫还是舍不得离开战地医院，可没办法，医生让他必须离开，最终，马特洛索夫还是被抬走了。

风雪呼喊着、咆哮着，战火从寒冬的道路上掠过，土地犹如饱受战伤的战士去掉了绷带般的缠绕。

苏联近卫军战士们，就在这冰天雪地里和德国法西斯侵略者战斗着。无情的炮弹落在了被厚厚的冰层覆盖着的河里，炮弹将厚厚的冰层彻底炸穿，支离破碎的冰块被炸得四分五裂，漫天横飞。厚厚的冰层下边的河水，也被无情的炮弹炸起了一个高高的水柱，但水柱和溅起的水花已经没有了往日的透明和纯净，被炮火摧残而变成了黑色。河堤边曾经婀娜多姿的柳树，此时光秃秃的，没有一片叶子，没有一点绿色，看上去是那么孤单，把冬天显得更加萧条。一颗炮弹落在了河堤上，随着一声巨响，炸弹爆炸了。柳树并没有被炸上天，反而应声倒下了。就在这样一个战火纷飞

☆风雪咆哮着，战火从寒冬的道路上掠过，苏联近卫军战士就在这冰天雪地里和德国法西斯战斗着。

的冬天，一棵即将迎来崭新春天的柳树在炮火中倒下了，它柔嫩的身躯被炸成了几段，横七竖八地躺在了冰冷的河堤上。

天气逐渐暖和了，到了苏联近卫军大反攻的时候，战士们已经能呼吸到春天的清爽空气了。马特洛索夫回到了自己的队伍中，他有了新的力量。经历这次受伤到康复，马特洛索夫觉得自己好像重新成长了一回，感觉自己比以前长大了，成熟了。面对德国法西斯侵略者的入侵，马特洛索夫更有力量和勇气与之进行斗争了。正义的力量是无穷的，就像春天的到来一样。无论寒冬是多么的严酷，它都无法阻止春天的

☆天气逐渐暖和了，到了苏联近卫军大反攻的时候，战士们已经能呼吸到春天的清爽空气了。马特洛索夫回到了自己的队伍中，他有了新的力量。

脚步；无论积雪多么的深厚，都会在初春的阳光下褪去那份冷酷，化作绵绵春水，汇入河流，滋润大地。春天的步伐是轻快的，春天的脚步是矫健的，尽管河面上的冰层很厚很结实，但它总会在春风的抚摸下一层一层地消融，直至彻底地融化。

　　春天来了，苏联近卫军的战士们怀着饱满的热情与无尽的力量投身到保家卫国的战争中，为了祖国，为了母亲，为了全人类，他们在做一件伟大的事情。

第四章

初次行动

在苏联近卫军的掩体里，阔洛索夫上尉来和大家分析敌情，他刚一进掩体，伊万便朝大家喊道："敬礼！""不用了。"阔洛索夫上尉对大家说道。"上尉同志，您先喝杯水暖和一下吧，外边挺冷的。"伊万一边帮阔洛索夫上尉拿外套，一边说道。"好吧，谢谢您，但我不渴，不过可以先放那儿。"然后他一边拿笔在纸上画着，一边对大家说道："这里是菜园子，这儿还有一条小河，往前呢，就是一大片的开阔地。但这还没什么，再往前去，前面有三道铁丝网，敌人不分昼夜地在巡逻，一个小时就一换班，这也不算太厉害。关键是他们把黑夜变成白天，用照明弹照得通亮，连报纸都能看见。唉，这真是麻烦啊。团部等消息已经等了足足两天了，第一次侦察没能够完成任务，第二次侦察又被发现了。第一次侦察就牺牲了我们的两个战友，第二次的两个人受了重伤……你们现在什么都知道了，第三次侦察，一定是要有充分准备，并且自愿去完成任务的人，才能被派去……就这样，你们大

家考虑考虑。"说完阔洛索夫上尉端起杯子里的水
慢慢喝了两口。

☆在掩体里，阔洛索夫上尉和大家分析敌情，要夺取对面的高地困难重
重，在封锁线上最大的麻烦是敌人的探照灯不断地照来照去，侦察兵要
通过，很容易被敌人发现，已经牺牲两个战友了。

　　喝完水，阔洛索夫上尉放下杯子，站起来对
大家说道："你们再好好想想，一定要考虑清楚，
考虑好了，不要太着急。"说完便走出了掩体。
阔洛索夫上尉走后，伊万、马特洛索夫、郭士甲
和几个战士围坐在作战图前，仔细地分析着地
形，从每个人凝重的脸上可以看出他们已经下定
决心，无论多么困难，无论多么危险，他们这个
侦察班一定要完成这次任务。阔洛索夫上尉这次

来的目的很明确，要想攻占对面的高地，就要越过敌人的封锁线，但敌人的封锁线不是那么轻易就能过去的，不但有三道铁丝网，而且那里可以说是夜如白昼，想从那儿过去，极容易被敌人发现，若被敌人发现，后果很严重，就是被打死。刚才阔洛索夫上尉也跟大家说了，前边有过两次侦察，但都失败了，不但没有越过封锁线，还有两个战友牺牲，两个战友重伤。这代价是沉重的，是残酷的。现在，既然阔洛索夫上尉跟大家提到了这个事情，那就是希望侦察班能去做这件事，并且要圆满、出色地完成任务。

☆阔洛索夫上尉让他们考虑考虑。上尉走后，战士们围坐在作战图前，仔细地分析地形，从凝重的脸上可以看出他们已下定决心，无论任务多么困难，他们这个侦察班也一定要圆满完成。

　　黑夜又一次降临了，四周一团漆黑，静悄悄的，没有半点声响。在封锁线上，敌人的探照灯不停地扫来扫去，探照灯那刺眼的光柱，像一条条毒蛇的信子，在搜寻着一切可疑的目标，随时要吞噬一切。此时，侦察班冒着危险又开始行动了，伊万、马特洛索夫、郭士甲还有其他几个战士，悄悄地在夜色的掩护下匍匐前进。在侦察班里，伊万是个老兵，也是党员，年纪也较大，他儿子的年龄与马特洛索夫不差几岁，所以大家有事都听伊万的。这次阔洛索夫上尉来和他们分析封锁线的敌情，也让大家认识到了夺取对面高地的任务是至关重要

☆黑夜又降临了，封锁线上，探照灯不停地扫来扫去。侦察班冒着危险又行动了，他们悄悄地匍匐前进。

的，直接关系着这一战的成败，直接影响整个战役
的走向。但同时他们从阔洛索夫上尉的口中也得
知，这个封锁线可以说是固若金汤，特别是那几只
"眼睛"——无所不在的探照灯，不得不让大家小
心，前面两批去侦察的战士都被这几只"眼睛"发
现了，不但前功尽弃，没有越过封锁线，还两死两
重伤，代价是惨重的。所以这次大家格外小心，希
望能够顺利地完成任务，也算是为这场战役做出一
点儿小贡献。

　　大家小心翼翼地往前爬着，整个身体都紧贴着
地面，恨不得陷进地里去，头也压得很低很低，生
怕被敌人的探照灯发现。前辈们的经验告诉他们，
小心驶得万年船，特别是在这个封锁线，前面去侦
察的两批战友都被敌人发现了，导致无功而返。敌
人也清楚此高地对苏联近卫军的重要性，况且已经
被苏联近卫军闯过两次。所以现在敌人更是提高了
警惕，加强了巡逻密度，增派了巡逻人员，探照灯
扫射的频率也加强了，这一切，目的只有一个，就
是不让一个苏联近卫军越过封锁线。马特洛索夫虽
然刚受过炮弹的侵袭，但现在已经痊愈，经过在后
方医院的治疗和休养，他状态很好，已经完全进入
了战斗状态。大家都不含糊，一个个小心谨慎地匍
匐前进着。很快，马特洛索夫和战友们已经靠近封
锁线，爬到了铁丝网跟前。战士们一边悄悄地用钢
钳剪着铁丝网，一边屏着呼吸，听着动静并观察着

四周。铁丝网上布满了铁刺，稍不注意就会划伤
皮肤。

☆马特洛索夫和战友们已经爬到了铁丝网跟前，战士们一边悄悄地剪着铁
丝网，一边屏息听着动静并观察着四周。

　　终于，铁丝网被剪开了一个脸盆大的洞，大家很
高兴。战士们便一个一个慢慢地朝剪开的洞口爬了过
去。由于洞有只有脸盆大，很小，每个人身上还背着
装备，穿着作战服，所以勉强能通过这个洞。伊万小
声地对大家说道："大家动作要轻，身体要尽量放低，
过铁丝网时一定要收紧，小心别被挂住了。好了，大
家跟着我。"然后只见伊万爬到铁丝网洞口前，先将
双手伸过铁丝网，然后将头也穿过去，接下来双脚蹬
地，双手托地，轻轻向前一挺，多半个身子便过去

了，然后两个胳膊肘左右用力向前划动，当脚快要穿过铁丝网时轻轻往上一抬，整个人便穿过了铁丝网。大家跟着伊万，小心翼翼地爬过铁丝网。敌人的探照灯"不辞劳苦"地照射着，时不时地掠过铁丝网周围。战士们一个个慢慢地从铁丝网上被钢钳剪开的洞口中爬了过去，当马特洛索夫正从铁丝网通过的时候，突然敌人的探照灯照了过来，刺眼的灯光打在马特洛索夫的身上。看到探照灯的光照着自己，马特洛索夫有些慌了，便想快速穿过铁丝网，他一慌，不小心衣服被铁丝网上拧着的铁丝给挂住了。他有些着急，想尽快将衣服从上边摘下来，结果一用力，碰响

☆铁丝网剪开了，战士们一个个慢慢地爬了过去当马特洛索夫爬过铁丝网的时候，突然敌人的探照灯照过来，他一慌，碰响了铁丝网上的罐头盒，这下子惊动了敌人。

了铁丝网上的罐头盒，罐头盒便随着铁丝网的晃动噼里啪啦地响了起来。这一响不要紧，彻底地惊动了敌人。

敌人更多的探照灯照向了马特洛索夫所在的位置，随之而来的是机枪扫射的声音，敌人密集的子弹打在了马特洛索夫周围的地上。马特洛索夫顾不上想太多，他想赶快隐藏起来，避免被敌人的子弹打中。可是自己的衣服被挂住了，不是一下子就能挣脱的，战友们已经爬过铁丝网一段距离了，在焦急地等着他。此时伊万、郭士甲和战友们看着探照灯下正在惊慌失措、手忙脚乱的马特洛索夫，很是着急，可是现在敌人的探照灯和机枪都对准了那里，

☆敌人射出了密集的子弹，马特洛索夫越着急越摆脱不开铁丝网的纠缠，他急坏了。

他们也不能贸然过去。现在敌人还没有发现他们，只看到了正在过铁丝网的马特洛索夫，所以他们现在不能暴露，只能祈祷马特洛索夫能平安逃过这一劫。此时的马特洛索夫很是上火，没想到自己第一次执行这么重要的任务就出了这么大的麻烦，原本想和战友们顺顺利利地圆满完成任务，好向阔洛索夫上尉汇报，可现在倒好，自己被这个讨厌的铁丝网给挂住了。马特洛索夫是最后一个过铁丝网的人，不巧的是他被挂住了。敌人的子弹不停地扫射着，马特洛索夫一边用力地摆脱着铁丝网，一边尽量将自己的身体压得更低。但是，他越是着急，越是摆脱不开铁丝网的纠缠，他急坏了。

功夫不负有心人，马特洛索夫费尽九牛二虎之力，在敌人刺眼的探照灯的照射和机枪的扫射下，终于摆脱了这个讨厌的铁丝网。他情急之下，一翻身，又滚到了自己阵地的一边。随着马特洛索夫滚落到自己的阵地，敌人的探照灯也失去了目标，机枪手因为什么都看不到了，机枪也就突然哑巴了。敌人以为马特洛索夫已经被打中了。而此时，爬过铁丝网的伊万、郭士甲和其他战士们聚在一起后发现，只剩下马特洛索夫一个人没有爬过铁丝网。"难道是牺牲了？"伊万有些担心地小声自言自语着。其他的战友们互相看了看，的确是只少了马特洛索夫一个人，大家默不作声。刚才机枪扫射的声音太长了，密集的子弹在夜空中像是一道道电弧，朝着大家刚才爬过的铁丝网的

洞口射去。现在没了马特洛索夫的消息，敌人的机枪
也停了，探照灯又不停地扫来扫去了，一切好像是恢
复了平静。但大家知道，经过刚才这一番折腾，敌人
已经提高警惕了，肯定会加强戒备的。

☆马特洛索夫好不容易摆脱铁丝网，一翻身又滚到了自己阵地的一边。爬
  过铁丝网的战士们聚在一起后发现只剩下马特洛索夫一个人没有爬
  过来。

　　　　只有马特洛索夫一个人在阵地上，只有马特洛
索夫一个人在暗夜中，他的战友们都已经悄悄地爬
过了封锁线，已经在敌人的阵地上了。马特洛索夫
在自己一方的阵地上，他在思索着：前进吧，刚才
自己已经惊动了敌人，虽然敌人可能觉得刚才一番
枪林弹雨已经将自己打成了马蜂窝，但是敌人势必

加强警戒，将整个封锁线严加防范。如果自己贸然
前进，绝对不会轻易穿过封锁线，如果自己再被敌
人发现的话，就有可能会连累已经越过封锁线的伊
万、郭士甲和战友们，如果敌人将他们也发现了，
那么大家有可能都会被打死在这里。可是要后退吗？
自己就在自己一方的阵地上，后退的道路比较近，
也不存在什么危险，那么回去吧！但是不能回去，
俗语虽然说"寡不敌众"，但我们的人民却这样告诉
了我们：只有毫无恐惧，向前挺进的人，才真正是
人民的后代。马特洛索夫想到了阔洛索夫在分析战
情时的表情，想到了前两次都没能完成任务的战友

☆马特洛索夫一个人在阵地上，他想：后退吗？后退的道路比较近，但
是不能回去！他决定掩护战友。

们……此时，马特洛索夫越发明白自己该怎样做，他决定掩护战友。

马特洛索夫吹了一声口哨，然后向敌人的阵地扔过去了一颗手榴弹，"轰！"手榴弹在敌人的阵地上炸开了花。这一声手榴弹的爆炸声令在铁丝网那边的战友们赞叹不已，他们知道，这是马特洛索夫在吸引敌人的火力，掩护战友们顺利地向高地进发。此时的马特洛索夫已经下定了决心，他已经放弃了退回去的想法，他要帮助已经穿过封锁线的战友们。现在自己和战友各在封锁线的一侧，虽然战友们已经越过了封锁线，但由于刚才的动静太大了，敌人肯定会严格地

☆他吹了一声口哨，并向敌人的阵地扔过去一颗手榴弹，"轰！"爆炸声令在铁丝网那边的战友赞叹不已，他们知道这是马特洛索夫在吸引敌人的火力，掩护战友。

加强防范。也有可能对方已经意识到有人入侵了，没准儿接下来会对封锁线内进行大范围的排查，看看是不是有人越过了封锁线，那战友们的生命将受到严重威胁。所以他朝敌人的阵地中扔了一颗手榴弹，目的是想吸引敌人的注意力，好掩护战友们顺利到达高地。此时的马特洛索夫已经将自己的生死置之度外了，为了苏联的解放，为了正义，他宁愿献出自己的生命。

　　敌人果然被马特洛索夫的手榴弹所吸引，机枪又朝着马特洛索夫扫射过来。马特洛索夫趴在地上，尽量地压低了头，躲避着敌人的子弹。越过封锁线的伊万、郭士甲和战友们在马特洛索夫的掩护下，顺利地到达了高地。此时，在苏联近卫军的阵地上，电话铃声突然响了起来，士兵拿起了话筒，是前线打来的，找阔洛索夫上尉汇报情况，士兵忙叫来了阔洛索夫上尉，阔洛索夫上尉拿起电话，对着话筒说道："我是第十四号……"听筒对面说道："我们侦察班的战士被发现了，前线刚才传来了激烈的枪战声，目前不知道伤亡情况如何。"阔洛索夫上尉放下电话，表情很凝重。这时舍尔宾那上尉也进来了，他对阔洛索夫上尉说道："侦察班被发现了，开火了。"阔洛索夫上尉挥了挥手说道："我知道了。"舍尔宾那说道："为什么敌人这样防御阵地？我们要是也转移阵地的话，也要像这样不分昼夜、时刻监视着敌人的行动。"阔洛索夫上尉说道："是啊，现在敌人如此高度警惕，导致我们的人无法通过封锁线。对了，你说现在派谁去呢？"见舍尔宾那上尉没有说话，阔洛索夫上尉看了看他说道："那就得你亲自去了。""嗯，我知道。我已经想好人选了，现在就去。"舍尔宾那上尉点了点头说道，然后就走了出去。刚到门口，一个士兵急急忙忙地跑过来告诉舍尔宾那上尉，侦察班已经成功地越过铁丝网，胜利地完成了任务。

☆在苏军阵地上，士兵正向舍尔宾那上尉报告，侦察班已经成功地越过铁丝网，胜利地完成了任务。

伊万、郭士甲和侦察班的战友们回来了，他们还押着一个俘房。玛莎看到他们回来了，很高兴，忙跑上前去迎接，可是却没有看见马特洛索夫，她非常焦急，问道："他呢？我怎么没看到马特洛索

夫？他在哪儿呢？你们怎么都不说话？"这时，一个
侦察班的战士对玛莎说道："玛莎，郭士甲已经去找
马特洛索夫了，你知道，他们像亲兄弟。现在离天
亮还早，等他们吧。"听了这个战士的话，玛莎已经
有了一种不祥的预感。难道是马特洛索夫出事了？
他和伊万、郭士甲等战友们一块儿去的呀？那为什
么别人都回来了呢？这到底是怎么回事？玛莎心里
十分的恐慌，她希望马特洛索夫能够活着回来，因
为她还有好多话要对他说。可是从刚才的情况来看，
大家对她的问话都默不作声，莫非真的是马特洛索
夫遭遇到什么不测？他牺牲了还是被敌人俘虏了呢？

☆玛莎看见侦察班的战士们押着一个俘虏回来了，可是却不见马特洛索
　夫，她非常焦急，问道："他呢？我怎么看不到马特洛索夫？"战友们
　告诉她已经派人去找马特洛索夫了。

玛莎现在非常想知道所有的一切，可惜没有人告诉她。也许，只有等天亮了问郭士甲吧。

时间过得好慢啊，过了好久好久，东方的天空才微微透出一点儿鱼肚白的颜色，天这才渐渐亮了。此时，马特洛索夫也终于摸回了阵地，他在战壕里走着，刚要拐弯时，突然听到有人提到了他的名字，他便停了下脚步，躲在一边悄悄地听战友们在读着战报："……马特洛索夫把敌人的火力都引到了自己的身上，目的是让前面的侦察员们完成任务，他的行为是军事友谊互助精神的模范。"一个战士说道："没想

☆天渐渐亮了，马特洛索夫也摸回了阵地，他躲在一边悄悄地听着战友们在读着战报："……马特洛索夫把敌人的火力引到自己身上，让前面的侦察员们完成任务，他的行为是军事友谊互助精神的模范。"战士们在夸奖着他的勇敢。

到马特洛索夫能做出这么伟大的事情，真是人不可貌相。""是啊，平时看他还像个大学生，没想到在关键时刻还真顶上了。"另一个战士说道。"大家都是一样的人，可是人家就是这样的勇敢，如此的不怕危险。"又一个士兵说道……马特洛索夫明白，战士们在夸奖着他的勇敢。战士们都知道，这次侦察班能够胜利完成任务，主要功劳就是由于马特洛索夫用暴露自己的方式来吸引敌人的注意力，从而让战友们顺利地逃过了敌人的搜查，圆满地完成了任务。

　　这时，玛莎看到了躲在一边的马特洛索夫，她忙走过去问道："马特洛索夫，你怎么了？你上哪儿去了呀？"马特洛索夫却心绪不安地对玛莎说道："等一会儿，现在我什么也说不出来。""你有什么瞒着我吗？"玛莎看着神态不安的马特洛索夫，她感觉他有什么事情瞒着自己。听了玛莎的问话，马特洛索夫忙岔开了话题，问玛莎道："同志们都回来了吗？"玛莎迟疑地看着马特洛索夫说道："嗯，都回来了。""哦，都回来了就好。"玛莎说道："可把郭士甲急坏了，他昨天还去找过你。"听她说郭士甲还去找自己了，马特洛索夫忙关心地问玛莎："那他回来了吗？没出什么意外吧?!""是的，他回来了。"玛莎看着马特洛索夫，没想到马特洛索夫和郭士甲的关系如此好，真是像亲兄弟一样，两个人互相关心着、牵挂着。听说郭士甲回来了，马特洛索夫悬着的心才算落地了。他可不希望郭士甲出什么意外，况且还是为了找自己。他又问道："他们在哪里？在指挥部？"玛莎说道："没有，指挥部里没有人。"看到马特洛索夫的情绪不好，玛莎很是奇怪，问道："马特洛索夫，你到底是怎么了？"马特洛索夫看着玛莎说道： "以后再说吧，玛莎。"

☆玛莎看见了马特洛索夫，她走过来问道："马特洛索夫，你怎么了？你上哪儿去了？"马特洛索夫却心绪不安地说："等一会儿，现在我什么也说不出来，同志们都回来了就好了，他们在哪里？"玛莎看到马特洛索夫的情绪不好，很奇怪。

马特洛索夫一个人静静地走进了掩体，伊万突然看到马特洛索夫回来了，很是激动，看着他说道："我的老天爷，马特洛索夫，你终于回来了。"马特洛索夫一个人趴在床上发着呆，根本没有听到伊万的话。想到自己第一次当侦察兵就出了错，很羞愧，因此流下了眼泪。他在责怪自己当时为什么不冷静，为什么那么笨。难道真是自己第一执行任务，太激动了？马特洛索夫不停地在自责着，不停地问自己，到底当时是怎么了。他恨自己，第一次执行任务就出现了如此严重的失误，这是在战场上，不是演习，不是游戏。自己当时这么不小心，不但有可能丢掉自己的性命，还会连累大家，甚至会影响整个战役。伊万看到马特洛索夫一个人趴在床上静静地发呆，以为他是生气了，以为他在怪罪战友们把他一个人扔下不管了，于是就跟他解释。伊万走过来对马特洛索夫说道："怎么不吱声了，是不是生我们的气啦？看来真

☆马特洛索夫走进掩体，一个人发呆，想到自己第一次当侦察兵就出了错，很羞愧，因此流下了眼泪。伊万同志以为他在怪罪战友们把他一个人扔下不管了，于是跟他解释说这是为了完成任务。

的是生气啦。本来嘛，我们是把你扔下不管了，可是我们有什么办法呢？这是工作任务啊，任务就得完成。好啦，别生气啦，喝杯茶吧。"

马特洛索夫依然爬在床上，扭过头，不高兴地对伊万说道："得了吧！"伊万看着耍脾气的马特洛索夫说道："咦……你这可就多余了。还是个兵呢，算了吧。"一边说，伊万一边走到床前拍了拍马特洛索夫。马特洛索夫有些不耐烦地看了伊万一眼说道："得啦，你别说啦。"伊万看着在闹脾气的马特洛索夫，耐心地说道："不要闹脾气，知道我现在要告诉你什么吗？你救了我们，知道吗？是你救了我们。走吧，去喝茶

☆马特洛索夫不高兴地说："得了吧！"伊万耐心地说："不要闹脾气，是你救了我们，走吧，我们喝茶去，聊聊家常话。"

去，咱们好好聊聊家常话。"马特洛索夫一直很惭愧，认为自己在执行如此重要的任务时却那么的不小心。现在想想，自己当时也不知道为什么就突然慌了，可能是敌人的探照灯照射到自己时，自己惊慌了，所以想着急越过铁丝网，结果一着急，就让铁丝网给挂住了。更没想到的是，铁丝网上居然还挂着好多空的罐头盒，这才导致自己被铁丝网挂住后，闹出了声响，引起了敌人的注意，才引来了敌人机枪的扫射。现在想想，敌人当时的探照灯有可能并没有发现自己正在穿越铁丝网，而只是随便地一照，结果自己就慌了……

听了伊万的话，马特洛索夫慢腾腾地从床上爬起来，然后和伊万坐在了桌前喝茶。伊万给马特洛索夫沏了一杯茶，马特洛索夫端起茶杯，嘴唇刚挨着茶杯，好像感觉有点儿烫，然后忙又将茶杯放下了。伊万看着马特洛索夫调皮的样子，忍不住笑了。马特洛索夫看着伊万在笑，生气地问道："这有什么可笑的？"伊万笑得更开心了，对着马特洛索夫说道："马特洛索夫啊马特洛索夫，一看你就是个可笑的二傻子。一受委屈，眼睛里就开始泪汪汪的了。"这时，马特洛索夫低着头对伊万说道："伊万大叔，你自己也都看了，也都知道。"伊万一边端起茶杯一边说道："伊万大叔什么都看见了，也什么都明白。我说你呀，来吧，喝茶吧，别钻牛角尖了。算了吧，别自找苦吃，没好处，这又何必呢？"马特洛索夫依

然低着头说道："伊万大叔，我开始都慌了神了，你也看见我了，被铁丝网挂住了，还让敌人发现了。你们倒好，还把我当英雄呢。"听了马特洛索夫的话，伊万大叔认真地说道："你把火力引向自己，让敌人注意你，我们才能过去，顺利完成任务，这些我都看见了。但你脑子里乱七八糟地想些什么，我就不知道了。"

☆伊万边喝茶边夸奖着他的英雄行为，而伊万越是这样说，马特洛索夫越是不安和烦躁，他认为自己的行为很平常，他说："我都慌了神儿了，还把我当英雄呢！"

这时伊万告诉马特洛索夫，说已经把他掩护战友的英雄事迹报告给了上尉。"什么？向谁报告了？"马特洛索夫听说报告了，心里更加不安。伊万一边喝茶一边说道:"报告给了上尉。""啊,上尉?"马特洛索夫忙说道:"根本就不是那么回事儿。""是真的,马特洛索夫同志,是真的。"伊万看着马特洛索夫说道。马特洛索夫越想越感觉有些不对劲,就趴到床上生气去了。伊万笑着说道:"咦……真是个小孩子!简直跟个小孩子一模一样,头一回侦察,谁都发慌,我已经经历过三回战争了,我知道。"伊万知道马特洛索夫心里一直在谴责着自己,虽然他通过暴露自己来吸引敌人的火力,从而掩护战友们顺利地完成了任务,但是他感觉自己在穿越铁丝网时,太不冷静了,被敌人发现了,引起了敌人的警觉,同时也给大家执行这

☆伊万说已经把他掩护战友的事迹报告给了上尉。马特洛索夫一听更加不安,说:"不是这么回事!"说着趴到床上生气去了。伊万笑着说:"真是个小孩子!头一回侦察谁都发慌,我知道!"

次任务带来了被发现的危险性。但是马特洛索夫并没有想到，正是他扔的一颗手榴弹，吸引了敌人的注意力，敌人将他当做目标，不停地进行射击，从而放松了对其他区域的警惕，这样，战友们才顺利地完成了任务。

舍尔宾那上尉来看望马特洛索夫，他对马特洛索夫说道："马特洛索夫，你好吗?""我很好，上尉。"看到舍尔宾那上尉在问候自己，马特洛索夫忙站了起来。舍尔宾那上尉看着马特洛索夫和战友们说道："你们真行，小伙子们，说实在的，你们太棒了，你

☆舍尔宾那上尉找马特洛索夫谈话，说："你们真行！小伙子！你们还抓住了一个重要的俘虏，团部对这次侦察很满意，还要发给你们奖章呢！"马特洛索夫说："这和我没关系。"舍尔宾那上尉说："怎么没关系呢？这报纸上写着你是英雄呢。"

们还抓住了一个重要的俘虏，团部对你们的这次侦察很满意，还要发给你们奖章呢！"马特洛索夫低着头小声地说道："这和我没关系。"这时，舍尔宾那上尉将手里的报纸抖了抖说道："怎么没关系呢？这报纸上写着你是英雄呢。"马特洛索夫知道，舍尔宾那上尉只是看了报纸，报纸上写的这次侦察任务由伊万、马特洛索夫、郭士甲和侦察班的战友们去执行，在侦察过程中马特洛索夫通过向敌人扔手榴弹，来吸引敌人的注意力和火力，从而让敌人对封锁线内的其他区域放松了警惕，战友们才得以顺利地完成了任务。但报纸上并没有写得更具体，根本没有提到马特洛索夫被铁丝网挂住等细节。

马特洛索夫说道："事情不是这样的，上尉同志。""怎么了，小伙子？"舍尔宾那上尉坐在了马特洛索夫对面的椅子上。然后，马特洛索夫将自己由于在执行任务时因为一时的慌张，碰响了敌人封锁线铁丝网上的罐头盒、暴露目标的事情说了出来。

舍尔宾那上尉看着深深地低着头的马特洛索夫说道："原来是这样的。抬起头来。"马特洛索夫抬起头望着舍尔宾那上尉，舍尔宾那上尉问道："你第一次做侦察工作吗？""是的！"马特洛索夫弱弱地答道。舍尔宾那上尉安慰他说道："夜里那么黑，每一块石子都好像是敌人。"这时马特洛索夫对舍尔宾那上尉说道："我并没有害怕，上尉同志。""紧张啦？"舍尔宾那上尉问道。马特洛索夫答道："如果不是铁丝网

的话，上尉同志……"舍尔宾那上尉看着年轻的马特洛索夫说道："你个傻小子，战壕前边总要有铁丝网的，难道说你不知道吗？""知道。"马特洛索夫答道："但是正好探照灯……"舍尔宾那上尉说道："探照灯怎么了？探照灯好像老是专门照着你一个人？就照着你？暴露目标后没处躲藏。"马特洛索夫说道："是的，惊动了一下。""你应当僵在那里。"舍尔宾那上尉说道。"当时慌了，上尉同志。"马特洛索夫说道。"你想从铁丝网中挣扎出来？"舍尔宾那上尉问道。马特洛索夫回答："那个铁丝网真气人！"舍尔宾那上尉

☆马特洛索夫说："不是这样的。"他把自己由于慌张而碰响了铁丝网上的罐头盒、暴露目标的事情说了出来。舍尔宾那上尉安慰他说："你第一次做侦察工作，夜里那么黑，每块石子都像敌人，紧张是可以理解的，打仗就像打猎一样……"

说道："铁丝网是带刺的，你被挂住了。""我是想挣扎出来的。"马特洛索夫忙说道。舍尔宾那上尉说道："结果把罐头盒弄响了，把同志们给坑了？"马特洛索夫辩解道："但是他们已经爬过去了，上尉同志。"舍尔宾那上尉又说道："也可能爬不过去啊，不是吗？"听了舍尔宾那上尉的话，马特洛索夫感觉有道理，说道："是的。"顿了顿，他对舍尔宾那上尉说道："那么我怎么办呢？难道就该……死在那儿？""也许就死在那儿！应该静下心来，等一等，你知道吗？应该像平常打猎似的，你看……"舍尔宾那上尉一边说着，一边拉着马特洛索夫走了出来。然后舍尔宾那上尉模仿了打山雀的动作和姿势。

舍尔宾那上尉就像教一个学生那样，耐心地给马特洛索夫讲着在战场上碰到的各种情况，并告诉他应该怎样处理。他对马特洛索夫说道："你们的侦察任务是在敌人火力的威胁之下进行的，我的同志，你给同志们惹了祸。"听了舍尔宾那上尉后边的话，马特洛索夫静静地在思索着，看来自己真的是惹祸了，还是惹的大祸。想到这些，马特洛索夫忍不住又自责起来，他对舍尔宾那上尉说道："我没用，没用。"舍尔宾那上尉看着垂头丧气的马特洛索夫，说道："没用？想开点儿吧同志。"看着马特洛索夫呆呆地坐在那里，低头着，状态十分不好，舍尔宾那上尉好像有些心疼了，他走到跟前拍了拍马特洛索夫的肩膀说道："马特洛索夫，马特洛索夫，我的好同志。难道没用的人会像你这样做吗？他们早就跑了。我说马特洛索夫，在每一个人的心里，都有着对死的恐惧，对吧？恐惧要是战胜了人，那才是没用的。但是，真正的人就能战胜恐惧。而你呢？恰恰战胜了恐惧，没有自己爬回来，你没害怕。"这时马特洛索夫说道："当时觉得不如死了痛快。"舍尔宾那上尉说道："为什么要白白地死呢？不，你不是没用的，马特洛索夫！你是战士，当你镇静下来的时候，你开了火，把火力引向自己，帮了战友们的忙。当初在铁丝网上的时候是做错了，但后来立了功。"这时，舍尔宾那上尉拿起刚才自己放在桌上的那份报纸对马特洛索夫说道："这报纸上面说的都是对的，是公平的，这报道是我亲自写的。

☆舍尔宾那上尉就像教一个学生那样，耐心地给马特洛索夫讲着在战场上碰到的各种情况，并告诉他并告诉他应该怎样处理……

还有一件更值得表扬的事，马特洛索夫，你刚才说了你心里的实话，这是很不容易的。谢谢你!"说完舍尔宾那上尉又拍了拍马特洛索夫的肩膀，走了出去。

第五章

二次任务

在出发去战斗的路上，马特洛索夫和战友们看到
大片的庄稼和已经收割的大麦都被敌人用火烧掉了，
他们的心也好像在被火烙一样。烈火的残酷，燃烧着
战士们的悲痛与战争的道路。同志们，你暂且站一
站，看一看你的国土，正在被德国法西斯侵略者所涂
炭，我们要同它一起渡过这考验。金黄的大麦在烈火
中燃烧，那愤怒的火焰，像无处发泄的怒火，吞噬着
一切。浓黑的烟雾弥漫了天，抹掉了昼与夜的界限，
但我们不能让这血腥的黑暗，遮住苏维埃的太阳。老
百姓的眼里，充满了泪水，被战争所蹂躏的乡村，已
无炊烟，取而代之的是浓浓的战火硝烟。战士们的心
越发坚强了、勇敢了，他们的手，也更有力量了。燃
烧着的愤恨，奔腾在尘土飞扬的行军道上。

　　一路上，流亡的人民不断从马特洛索夫和战友们的
身边走过。这时，郭士甲指着远处一对逃难的人对马特
洛索夫说道："你看，那个是不是丽达?"马特洛索夫顺
着郭士甲手指的方向看去，果然是一个老妈妈抱着一个
孩子。马特洛索夫赶忙跑了过去。原来不是巴沙大娘和

丽达，马特洛索夫看着这位老妈妈怀里的小女孩问道："小姑娘，你叫什么名字呀？"小女孩听了马特洛索夫的话，没有作声，只是胆小地将头扎向了老妈妈的怀中。马特洛索夫有些不解地问老妈妈："她怎么了？"老妈妈用手轻轻地抚摸着小女孩的头对马特洛索夫说道："她怕枪啊，被枪吓怕了，她的姐姐已经被打死了。他们为什么要杀死孩子们呢？为什么要杀死孩子们？"看着老妈妈痛苦的表情和孩子那无助的眼神，马特洛索夫没有说什么，重新踏上了去往战场的路。

☆在出发去战斗的路上，马特洛索夫和战友们看到大片的庄稼和已经收割的大麦都被敌人用火烧掉了，他们的心也好像在被火烙一样。

深夜，马特洛索夫和郭士甲越过了敌人的防线，偷偷地摸进了敌人的防区。马特洛索夫率先潜入了敌

人的兵营内，此时，敌人们正在酣睡。马特洛索夫将
手中的冲锋枪端好，然后只见他嘴唇轻轻一碰，一个
响亮的口哨从他口中传出。正在酣睡的敌人听到口哨
声，忙从床上坐了起来。这时马特洛索夫的冲锋枪就
开火了，随着"嗒嗒嗒"的枪声和子弹的飞射，敌人
应声倒下。这时郭士甲也冲进了兵营，两人一同向敌
人扫射着，敌人的兵营里，枪声大作，很快，兵营里
的敌人被全部歼灭了。

　　又是一个黎明，侦察班的战士们在敌人的阵地上
隐蔽着，他们商量趁着有雾的机会赶快走，天一亮容
易暴露目标。伊万说道："现在正好大雾，咱们得快

☆黎明，侦察班的战士们在敌人的阵地上隐蔽着，他们商量趁着有雾的机
　会赶快走，天一亮容易暴露目标。

点儿走。"后边的战友说道:"否则太阳一出来,咱们就彻底暴露了。"这时马特洛索夫对大家说道:"不要紧,咱们来的时候是人不知,咱们走的时候也会是鬼不觉。"郭士甲在旁边附和着说道:"对,马特洛索夫说得对,我们从另一个地方走。大家都往右边爬,爬得越远越好。"

班长郭士甲对战友们说道:"你们快走,我自己留下来掩护大家,防备万一,我可以抵挡一阵子。"这时马特洛索夫说道:"你一个人不行。"班长郭士甲说道:"但是大家都留下来会更糟。"马特洛索夫对郭士甲说道:"你还记得咱俩发誓永远在一起吗?"听了

☆班长郭士甲叫战友们快走,自己留下来掩护。马特洛索夫说一个人不行,郭士甲说大伙留下来更糟。马特洛索夫说他俩发过誓永远在一起。郭士甲说:"我命令你去!"

马特洛索夫的话，郭士甲说道："算了吧，那都是小孩子玩的，说的也是孩子话，你就别当真了。我现在只有一件事情让你做，就一件!"马特洛索夫对郭士甲说道："那好吧，你去吧，我在这儿! 怎样?"郭士甲对马特洛索夫说道："现在，我命令你去!"郭士甲当然还记得自己和马特洛索夫在工科学校时发过的誓言，同甘苦，共患难，生死与共! 但是现在的情况不一样，现在是危急时刻，敌人随时都可能会发现大家，到时大家都会死的。所以他才要求大家都撤走，包括马特洛索夫也一样。他希望自己和马特洛索夫都能够平平安安，可是现在情况不同，所以他宁愿自己去，将危险留给自己。

　　"是!"马特洛索夫答应了郭士甲，接受了他的命令，同战友们一块撤走了。郭士甲看战友们都撤走了，他才慢慢地匍匐前进，他一边爬着，一边想着战友们的安危。这次出来执行任务，一切都很顺利，任务完成得很漂亮。可现在大家都还在敌人的防区内，安全是最主要的。本来想趁着现在大雾弥漫，大家能安全撤离。可天已经亮了，虽然说有大雾，但毕竟视野开阔了，敌人随时都会发现自己和战友们。所以他才做出了让战友们先撤，他在后边掩护的想法和举动。他其实并不知道自己这样做是不是能保证战友们能平安回到自己一方的阵地，但也许现在来讲，对他而言，这是目前最好的办法了。如果战友们有什么意外的话，他这个做班长的会感到愧疚的。此时，看着战友们已经在往回撤了，他便远远地观察着，希望能第一时间发现敌人有什么异常的举动。

☆郭士甲在战友们都撤走后，匍匐前进，一边爬着一边想着战友们的安危。

正在这时，郭士甲突然发现在距离自己不远的地方，有敌人正在朝战友们撤离的方向走去，他不知道此时敌人是不是已经发现自己的战友们了。如果没有发现，那么由于现在是敌人的防区，战友们只能缓慢地匍匐前进，这样的话，敌人就会很快发现战友们，如果打了起来，那自己人肯定会吃亏的。毕竟是在敌人的防区，听到枪声，更多的敌人会赶过来，战友们便无法安全撤出，就会牺牲在这个阵地上。如果现在敌人已经发现战友们了，那么后果更可怕，他们肯定试图在战友们的背后进行偷袭。先是慢慢地靠近，然后瞄准机会，敌人就会开枪射击，好一举歼灭前方的战友。想到这些，郭士甲感觉事不宜迟，不能让敌人再靠近战友们了。不管敌人是不是已经发现了前方正在撤离的战友，现在自己唯一能做的，就是吸引敌人的注意力，转移敌人的视线和目标，打乱敌人的既定计划，保障战友们安全撤离。随后郭士甲马上向敌人开枪，想把敌人吸引过来。

☆郭士甲突然发现敌人向自己战友们的方向去了，他马上向敌人开枪，想把敌人吸引过来。

前方正在撤离的战友听到身后传来了枪声，知道郭士甲和敌人交上火了。郭士甲和敌人交火存在两

种可能：第一种是郭士甲看到了敌人对正在撤离的战友们造成了威胁，所以为了避免战友们受到袭击，郭士甲就朝敌人开枪了，通过这种方式来吸引敌人的注意力，从而来保护正在撤离中的战友的安全。第二种可能就是因为敌人发现了郭士甲，所以就朝他开火了。大家想到郭士甲一个人，现在又是在敌人的防区，敌人肯定少不了，听到枪声，很快会有更多的敌人赶过来。此时，马特洛索夫也听到了枪声，寻声望去，他看到了郭士甲正在和敌人交战，只见郭士甲一个人在众多敌人的冲锋枪的扫射下，左躲右闪，根本没有招架之力。马特洛索夫看到情况紧急，便马上隐

☆马特洛索夫看到这种紧急情况，马上隐蔽在树后，先吹了一声口哨，然后向敌人猛烈开火，掩护郭士甲。

蔽在一棵树后，先是吹了一声口哨，然后向敌人猛烈
开火，掩护郭士甲。马特洛索夫躲藏在大树后面，将
枪架在树杈上，随即就向敌人猛烈地开火了。敌人没
想到周围还有郭士甲的援兵，被马特洛索夫的枪声吓
了一跳。

　　天晴了，雾散了，阳光照在树林中，几个身影在
树林中晃动着。"休息一会儿吧！"一个战友说道：
"好吧，他兴许能苏醒过来。"另一个战友说道。然后
将一个受伤的战友放在了一棵树前，让他斜靠在树干
上。"耳朵都震聋了……"一个战友说道。"是不是枪
拿的不对啊？"另一个战友说道。明亮的光线透过树
林，照在人们的身上，斑驳的树影显得是那么的稀

☆在激烈的战斗中郭士甲负了伤，昏迷了过去，战友们把他从战场上抬了
　下来。

疏。在激烈的战斗中，郭士甲光荣负了伤，昏迷过去了，马特洛索夫背着他从战场上撤了下来。正在树林中休息的战友们，突然看见了不远处的马特洛索夫背着郭士甲在深一脚浅一脚地前进着，忙跑了过去。一个战友看到马特洛索夫的汗水已经浸湿了衣服，便对他说道："马特洛索夫，我帮你吧。"马特洛索夫说道："不要紧，我能行。"然后几个人一起回到了自己的阵地。

在掩体里，大家正在休息，这时舍尔宾那上尉来看望大家了。刚进掩体，舍尔宾那上尉说道："同志们，大家好啊。"战友们一看是舍尔宾那上尉，便站起来敬礼说道："上尉好！敬礼！""稍息，大家坐下吧。"舍尔宾那上尉对大家说道。然后他看着大家说道："怎么着，要出去玩儿去吗？"一个战友说道："是的，上尉同志，我们放了三天假呢！"舍尔宾那上尉说道："我知道你们休假了，别的同志哪儿去了呀？""他们已经走了。"一个战友说道。这时舍尔宾那上尉看着站在旁边的马特洛索夫说道："听说你会吹口哨，吹得很动听，都赶上百灵鸟了，是吗？"马特洛索夫说道："偶尔吹一下，上尉同志。"这时旁边的阿尔秋霍夫上尉让他吹吹看，对他说道："你吹一下吧。"马特洛索夫有些不好意思。这时一个战友对舍尔宾那上尉说道："在这屋子里他有点儿不好意思，他有点儿害羞。"这时舍尔宾那上尉说道："不，他不是那样的人，不会害羞的，我等着。"

— 104 —

☆在掩体里，舍尔宾那上尉问马特洛索夫："听说你会吹口哨，吹得很漂亮，都赶上百灵了。"马特洛索夫说："偶尔吹一下，上尉同志。"阿尔秋霍夫上尉让他吹吹看，他不好意思地吹了几声。

这时舍尔宾那上尉对马特洛索夫说道："你在侦察的时候，是怎么吹的呀？"马特洛索夫按照舍尔宾那上尉的意思，吹了一个响亮的口哨。舍尔宾那上尉听了马特洛索夫的口哨声，便说道："我以前也吹过口哨，我一吹，鸽子都飞下来了。"舍尔宾那上尉一边说，还一边做了个吹口哨的动作。一个战友问道："上尉同志，你养过鸽子吗？"舍尔宾那上尉说道："我不但养过鸽子，口哨也吹得比你马特洛索夫要响得多。"说到这儿，舍尔宾那上尉狠狠地看了看马特洛索夫一眼。看来舍尔宾那是来兴师问罪的，马特洛索夫不知道自己哪里做错了，还是自己又犯什么错误了。他并不知道，或者可以说是他并没有想到，舍尔宾那上尉这次来就是冲着他来的，就是因为他吹口哨的事。一次是因为他在敌人的营房内吹响了口哨，然后用冲锋枪扫射了全部敌人，另一次就是这次往回撤的时候在树林中，为了掩护郭士甲，他又吹了口哨。

☆舍尔宾那上尉说："我以前也吹过，吹得比你马特洛索夫要响得多，我养过鸽子，我一吹，鸽子都飞起来了。"

这时舍尔宾那上尉从座位上站了起来，用一只手撑着桌子，看着马特洛索夫严厉地说道："你以为战争是马戏班吗？是开玩笑吗？是音乐表演吗？进了敌

人的军营、阵地还吹口哨，就像是进了鸽子窝！你这是感觉儿呢？还是童心未泯？你为什么在打仗的时候还吹口哨？"

噢，原来舍尔宾那上尉是因为自己在打仗的时候吹口哨，所以才发这么大的火。马特洛索夫终于明白了，他对舍尔宾那上尉说道："你从前教过我啊，上尉同志。我是照你说的那样做的呀。"舍尔宾那上尉看着马特洛索夫说道："我教过你什么？"马特洛索夫说道："上尉同志，你不是教我说打仗像打

☆接着舍尔宾那上尉批评他说："你以为战争是马戏班吗？是开玩笑？是音乐表演吗？为什么打仗的时候吹口哨？"马特洛索夫说："你不是说打仗像打猎似的？打猎也有各种打法，有时故意把鸟惊起来好打。我吹口哨就是为了把德国兵惊动起来，叫他们无法躲藏，像打鸟似的打他们。"

猎似的?""什么? 打猎似的?"舍尔宾那上尉好像有些不太明白。马特洛索夫接着说道:"打猎也有各种打法,有时候故意把鸟惊起来。""对,要它们飞起来。"舍尔宾那上尉说道,他是这样教过大家,他也很认同这种打法。这时,马特洛索夫说道:"是啊,跑着好打啊。"舍尔宾那上尉纠正似的说道:"是飞着。"马特洛索夫说道:"所以我跳进敌人的兵营,我也吹口哨,就是为了把德国兵都惊动起来,好叫他们无法躲藏,然后开枪打他们,也像打鸟似的。"舍尔宾那上尉听了马特洛索夫的话后,对他说道:"你扯哪儿去了。你先坐下,接着说。"上尉让马特洛索夫坐下了。

马特洛索夫接着说道:"在必要的时候,我也可以不吹,静静地不做声。这就要看情形,看灵魂怎样地指使我。"舍尔宾那上尉说道:"灵魂? 呵呵,小伙子,那不叫灵魂。应该叫灵感,马特洛索夫。没有它,你就不能作战,不能劳动,不能唱歌,不能生活。好吧,你吹吧,不过你要自己小心些,别把自己的性命也吹掉。"听到舍尔宾那上尉这样说,马特洛索夫的心总算掉回肚子里了,他忙对舍尔宾那上尉说道:"那是不会的,上尉同志。"这时舍尔宾那上尉看着大家说道:"我的好同志们,好吧,你们都是我的好同志。现在你们去玩儿去吧。"说完,舍尔宾那上尉便向外走去。"是,上尉同志。"马特洛索夫和战友们站起来朝舍尔宾那敬礼,并目送他走了出去。马特

★ ★ ★ ★ ★　普通一兵

洛索夫没想到自己的口哨帮助自己在战斗中取得了胜利，舍尔宾那上尉也被他的说法和做法所折服，他也感觉马特洛索夫这种方法是对的，这种方法更加有效地打击了敌人，所以他由最开始批评马特洛索夫，最后变成了是对马特洛索夫的表扬。

☆"在必要的时候，我也可以不吹，静静地不做声，"马特洛索夫接着说，"这要看情形，看灵魂怎样指使我。"舍尔宾那上尉说："不叫灵魂，应该叫灵感，好吧，你吹吧，不过要小心，别把自己的性命也吹掉。你们都是我的好同志。"

　　一天深夜，在战地医院里，一个值班女医生正坐在桌子前写信，这时，值班室的门突然被人敲响了。"就来，就来。"女医生对着门喊道，然后又在纸上写着。这时，马特洛索夫走了进来，女医生看着他问

道："你是伤号吧？哪儿受伤了？"马特洛索夫双手不停地来回地搓着说道："我没受伤，我朋友受伤了。"他一边搓，还时不时地将双手放到嘴边，用哈气来取暖。女医生洗了洗手，问马特洛索夫："你朋友在哪儿呢？"马特洛索夫回答："他就在这儿，是一营侦察班的班长。""我知道，他人不错，他怎么受伤了呢？"女医生一边用毛巾擦手，一边有些惋惜地问道。马特洛索夫说道："我来也是想打听他怎么样了，我想看看他。"女医生听了马特洛索夫的话后说道："对不起，我不明白。这怎么看呢？我不懂你的意思。"马特洛索夫说道："就是来看看他。""现在？"女医生问道。"是啊，就现在。"马特洛索夫答道。女医生用诧异的目光看着马特洛索夫说道："现在是夜里，半夜四点钟。"马特洛索夫若无其事地说道："那又怎么样呢？看看行吧。"女医生有些不解地说道："真奇怪，半夜看病人。"马特洛索夫有些不明白地问道："半夜看病人不行吗？"女医生说道："夜里大家都要睡觉或者是出勤务，哪有在晚上来看病人的？这简直是违反制度。青年人，你回去吧。"马特洛索夫有些不解，问道："这又违反什么制度呢？"女医生没再理马特洛索夫，而是重新坐在了桌子前，继续写她的信。这时马特洛索夫也坐在了旁边，对她说道："医生同志……"女医生看到马特洛索夫还没走，便说道："你还在这儿？这样做不好。"马特洛索夫说道："我们不管深夜不深夜的，我们习惯了。"女医生对马特洛索夫说道："同志，我不懂你们都习惯些什么。我们这儿有规定，每个礼拜二、四，下午三点到六点看病人，我认为这足够了。"马特洛索夫看着女医生，用乞求的口气说道："我也明白，医生同志，可我是作战部队的。"女医生说道："我也在作战啊，我的同志。"马特洛索夫仍然不死心，他又说道："医生同志，请你听我说，我跑了二十多公里路，特地来看看他。真的，他是我的好朋友，在一起念书的时候，就很要好。"这时，女医生看着马特洛索夫说道："这太不像话了，这样的雨天，还在夜里，你跑来看他。你回头看看自己，浑身都湿透了，像个什么样子。你要是得了肺炎，怎么办呢？你们是朋友吗？"马特洛索夫听到女医生问这个，知道有转机了，忙答道："是的，确实是好朋友。""那更不行了。"女医生说道。马特洛索夫一听有些吃惊，问道："为什么？""因为他睡着了，现在对于他来说，睡眠就是他的药剂。"医生答道。马特洛索夫没想到见郭士甲一面这么费劲，他在屋子里来回不停地走着。他对女医生说道："那么这样好了，上尉同志，现在公事公办。"女医生听了马特洛索夫的口气，说道："你说吧。"马特洛索夫认真地说道："我是奉上级的命令来的，你明白吗？""我明白了。"女医生答道。这时马特洛索夫说道："我们到这里来是有公事。""公事？"女医生问道。"是的。"马特洛索夫回答。女医生说道："那不仅是不行，我还要禁止。听见没？向后转，跑步走！"

临了，女医生还给马特洛索夫喊上口号了。一看这招不好使，马特洛索夫便重新坐在了桌子旁，看着女医生说道："原谅我吧，我撒了谎。"这时，女医生笑着说道："我知道你在撒谎，为什么要撒谎？呵呵。"马特洛索夫有些不好意思地回答："因为我实在是想看看他，我太想他了，我不会惊动他的，我只对他说一句'你好啊，郭士甲！'""真浪费时间。"女医生说道。马特洛索夫忙说道："那好，我什么也不说了，只要看看他就行了。说实在的，请你相信一个战士吧。"女医生看着马特洛索夫说道："那么你跑了二十多公里路，难道只是为了看看他吗？"马特洛索夫说

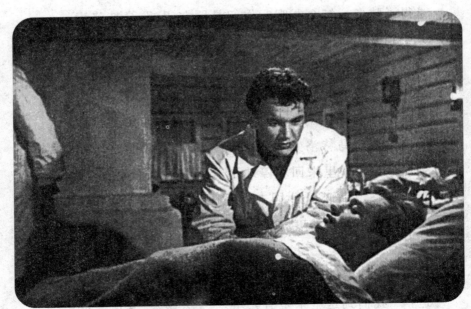

☆马特洛索夫去战地医院看望郭士甲，他悄悄地走到床前，望着已经脱离了危险的郭士甲，露出了欣慰的笑容，他为有这样的好兄弟而自豪。

道："为了看他一眼，让我再跑二十多公里我也愿意。"这时，医生说道："好吧，但是我不能让你进去。"听到这最后的拒绝，马特洛索夫有些绝望了，他无奈地向门口走去。就在他快要走到门口时，听到背后传来女医生的声音："坐下吧，脱下靴子，好好擦擦你的脚。"马特洛索夫有些不解地问道："得了吧，这是干什么呢?"女医生说道："这很重要，你看看，在床底下有我的鞋，你换上。"这时马特洛索夫才注意到，自己的靴子上全是泥，地上已经被他弄得不像样了。换上鞋子后，马特洛索夫在女医生的带领下，终于来到了病房。他悄悄地走到郭士甲的床前，望着已经脱离了生命危险的郭士甲，终于露出了欣慰的笑容，他为有这样的好兄弟而感到自豪和骄傲。

第六章

代理班长

在距离却尔奴什基十五公里的地方，战士们和
军车一起前进着。坦克、装甲车、卡车、吉普
车……一辆辆地从战士们的身边驶过。大家还在一
步一步地丈量着脚下的土地时，伊万指着远处的太

☆在距离却尔奴什基十五公里的地方，战士们和军车一起前进着。马特
　洛索夫鼓励大家："快些走吧，不然我们会赶夜路的。"

—— 117 ——

阳说道："太阳都到那儿了，我们还有那么远的路要赶。""还有多远啊，伊万大叔。"马特洛索夫问道。伊万大叔扭过头看着马特洛索夫说道："不是说了吗，走不到却尔奴什基。"一个战士没听懂伊万大叔的话，忙问道："伊万大叔，走不到那儿是什么意思呀？"还没等伊万大叔说道，一个士兵替伊万大叔说道："也就是说呀，你要不想当俘虏，就别到那儿。"另一个士兵喊道："咱们到底还有多远的路嘛？"这时伊万大叔说道："在地图上看起来，也就是一根火柴棍儿那么长。要是步兵走的话，还有整整至少有十二公里的路呢。"听了伊万大叔说还有十二公里的路要赶，马特洛索夫看了看太阳，天已经不早了，他便对大家说道："我们快些走吧，要不然我们会赶夜路的。"

战士们在路上看到自己军队的坦克、大炮等机械化部队，整齐地列队开往前方，气势非凡。作为爱国士兵，他们感到很自豪。大家看着一辆又一辆的机械装备从身边开过，很兴奋。一个战士说道："哎，我说同志们，我们一共就休息了两天，你们看，我们现如今就赶不上自己的队伍了。""他们向前冲得真快啊。"一个战士无比激动地说道。看到这么多装备，还都是比较先进的装备，大家都很开心，看来战争很快就会结束了，德国法西斯侵略者的日子没几天了。战士们要用这些坦克、大炮，再加上这些顽强拼搏、英勇善战、不畏强敌、不怕牺牲的共产主义战士，将

罪恶的德国法西斯侵略者彻底消灭在祖国的领土上。要让所有的侵略者明白一个道理：非正义的战争是必败，特别是这种侵犯他国主权、侵占他国领土的罪恶战争，下场将是残酷的。

☆战士们在路上看到自己军队的坦克和大炮等机械化部队，整齐地列队开往前方，气势非凡。作为爱国士兵，他们感到很自豪。

　　终于到达却尔奴什基了，大家去找阔洛索夫上尉报到。阔洛索夫上尉正在接打电话，大家都站在旁边等。放下电话，阔洛索夫上尉看着大家问道："你们休息过了？""休息过了！"大家回答。阔洛索夫上尉看着大家又问道："住的地方安排好了吗？"伊万答道："这还不忙啊，上尉同志。""为什么？"阔洛索夫上尉有些不明白。伊万说道："也许还要换房子呢，先过些时候再说吧。"这时，一个战友向阔洛索夫上尉说道："上尉同志，我提个问题行吗？"阔洛索夫上尉看了看这个战士，对他说道："你说吧。"这个战士说道："好像咱们要有大进攻？"阔洛索夫上尉听了后说道："不清楚，不清楚。""得了吧，上尉同志，我们一大早看到有好多机械化部队，树林子里也满是坦克、大炮。"那个战士说道。这时，阔洛索夫上尉看了看坐在对面的同事们，问道："有这样的事吗？我怎么没听说过？也许你知道吧，马列中尉。"马列中尉答道："第一次听说。""哦，你也是第一次听说。"阔洛索夫上尉重复道，他又看着伊万问道："那么你

☆走到目的地后，阔洛索夫上尉奉命传达上级任务：在郭士甲住院期间，由马特洛索夫作代理班长。

呢，伊万？""我？我什么也没看到啊！伊利卡知道，你让他说吧。"伊万回答。伊利卡看着伊万说道："我能讲什么？我也什么都没看见。"这时，另一个战士对阔洛索夫上尉说道："我的眼睛好极了。"阔洛索夫上尉问道："那怎么样？"这个战士接着说道："是猎人的眼睛，但也什么都没看见。"这时，战友们问刚才发问的战士："你不会是喝醉了吧？头晕眼花了吧？"那个战士说道："上尉同志，我说的这些都是我亲眼看见的。""你看到什么了？"阔洛索夫上尉又问道。"我……我什么也没看见。"这个战士答道。阔洛索夫上尉看着他说道："没看到什么就不要乱讲。好，现在说正事，在郭士甲住院养病期间，由马特洛索夫作代理班长。"

阔洛索夫上尉接着说道："马特洛索夫，你先留下，其他人可以先走了。""是！"马特洛索夫答道，然后站在了原地，其他战友们退了出去。这时，一个士兵留下来对阔洛索夫上尉说道："上尉同志，我有句话想说，刚才弄得有些不对头了。"阔洛索夫上尉看了看他说道："不对头了？呵呵，去吧，你这家伙。""是！"这个士兵敬了个礼，然后出去了。见都出去了，只剩下马特洛索夫了，阔洛索夫上尉便对他说道："是这样，马特洛索夫，你先坐下。"阔洛索夫上尉开始给马特洛索夫交待任务，他指着作战地图对马特洛索夫说道："在此处，黎明时我们的工兵要出动，你的任务是掩护工兵能够挖出敌人防线处的地

雷。""是，上尉同志。"马特洛索夫答道。然后，阔
洛索夫上尉又对马特洛索夫说道："那你就看准点儿，
一定要查清并且记住敌人的火力点。"听了阔洛索夫
上尉的话，马特洛索夫认真地查看着作战地图，地图
上清晰地标注着敌人的火力点。

☆阔洛索夫上尉给马特洛索夫交待任务："黎明时我们的工兵要出动，你
们的任务是掩护工兵挖出敌人防线处的地雷，一定要查清并且记住敌人
的火力点。"

　　看马特洛索夫在认真地看着作战地图，阔洛索
夫上尉问道："马特洛索夫，你的记性好吗?""好像
是呢，上尉同志。"马特洛索夫答道。"好像吗?"阔
洛索夫上尉问道。马特洛索夫说道："在学校上学时
的算术题，到现在还记着呢。""还记得? 那考下试

试。"阔洛索夫上尉说道。然后阔洛索夫上尉出了一道马特洛索夫上学时的数学题，让马特洛索夫回答，也就思索了不到一分钟，马特洛索夫很快说出了答案。听了马特洛索夫的回答，阔洛索夫上尉称赞道："不错，不错，还记得呢。你在哪儿上的学呀？""普法工业学校。"这时，刚进来的舍尔宾那上尉替马特洛索夫回答道。"是的，上尉同志。"马特洛索夫说道。没想到自己当上了代理班长，更重要的是，刚才阔洛索夫上尉还交给了自己一项重要的任务，这让马特洛索夫有些受宠若惊。刚才阔洛索夫上尉还

☆阔洛索夫上尉问马特洛索夫："你的记性好吗？"马特洛索夫说："学校的算术题现在还记着呢。"阔洛索夫上尉考了他一下，他真的记得。这时舍尔宾那上尉也进来了。

考察了自己的记忆能力，看来这次任务很重要、很
关键，自己一定要好好地记住地图上的相关信息，
保证任务顺利完成。

　　马特洛索夫仔仔细细、认认真真地看了一会儿
敌人的火力分布地图之后，确认自己都记住了，他
站起来立正，肯定地向阔洛索夫上尉说道："上尉同
志，全记住了。"这时，阔洛索夫上尉对马特洛索夫
说道："还有一件事情要记住，这回呀，千万不要向
敌人找碴儿，尽量不要和敌人交火，就是他们朝我
们开火，我们也不回击。"马特洛索夫明白阔洛索夫
上尉的话，知道自己经常在参加战斗的过程中，会

☆马特洛索夫认真地看了一会儿敌人的火力分布图之后，站起来立正，
　肯定地回答道："上尉，全记住了。"阔洛索夫上尉嘱咐他道："这次尽
　量不要和敌人接火，就是他们开枪，我们也不回击。"

主动出击，甚至会通过某种方式或手段来吸引敌人的注意，然后好全歼敌人。当然，马特洛索夫还是有战略战术的，就像他上次回答舍尔宾那上尉的提问那样，他会随机应变，见机行事，会根据实际情况来判定是自己主动出击，还是尽量地隐藏好自己，伺机攻击。上次深夜在敌人兵营里，当马特洛索夫冲进敌营时，敌人正在睡觉，考虑到敌人躺在床上，不利于射击，马特洛索夫为了便于全歼敌人，便通过自己的特长，在敌营内吹了一声响亮的口哨，将敌人惊醒，然后便开枪扫射，从而将被惊动起来的敌人全部歼灭。这次既然阔洛索夫上尉交待自己尽量避免跟敌人正面接触，不要交火，那么这次就一定要低调，严格按照命令执行。

这时，阔洛索夫上尉和舍尔宾那上尉看着站得笔直的马特洛索夫，阔洛索夫上尉对他说道："今天晚上，我们要让敌人安安稳稳地睡上一宿好觉，明天我们再狠狠地揍他们。"舍尔宾那上尉也对马特洛索夫说道："最主要的是你要沉着和冷静，绝对不可以冲动、毛躁。"马特洛索夫对阔洛索夫上尉和舍尔宾那上尉行了个军礼，然后对他们说道："明白了，上尉同志！我可以走了吗？"舍尔宾那上尉对马特洛索夫说道："走吧。"听了舍尔宾那上尉的话，马特洛索夫立刻向门外跑去。他现在太激动了，自己要去执行任务了，虽然自己和战友们已经执行过多次任务，这也并不是自己参加近卫军以来第一次执行任务，但这次却与以往不同，因为这次是自己一个人去执行任务。以往都是和战友们一起，或者在战友的联合下，大家共同完成任务。这次是阔洛索夫上尉和舍尔宾那上尉专门命令自己去执行如此重要的任务，所以马特洛索夫很激动。

☆两位上尉交待马特洛索夫：今天晚上让敌人好好睡上一觉，明天再揍他们，要坚决做到沉着和冷静。马特洛索夫都记住了，并立刻向外跑去。

就在马特洛索夫刚跑到门口时，听到舍尔宾那上尉在他背后喊道："马特洛索夫！"听到舍尔宾那上尉在叫自己，马特洛索夫停下将要跨出门槛的脚步，又重新折返了回来。舍尔宾那上尉看着站在自己面前的马特洛索夫，严厉地对他说道："你这样就叫做沉着

吗?""我错了,上尉同志。"马特洛索夫意识到自己
太不稳重了,上尉刚才还说执行任务时要沉着和冷
静,不能冲动和毛躁,自己倒好,这还没去执行任
务,就已经冲动了。舍尔宾那上尉看了看马特洛索夫
说道:"走吧。"马特洛索夫这才重新镇定了一下情
绪,然后迈着沉着的步伐走了出去。他感觉舍尔宾那
上尉批评得对,自己太年轻了,缺少战斗经验,还存
在冒险主义。自己一定要纠正自己的错误,将自己身
上的毛病都改掉。特别是刚才舍尔宾那上尉重申的
"沉着和冷静",这不但是在告诫自己在战斗中要保持
沉着和冷静,更是要求自己在日常生活中也要保持这

☆马特洛索夫刚跑到门口,舍尔宾那上尉又把他叫回来,问他:"这样叫
沉着吗?"马特洛索夫意识到自己太不稳重了,他镇定了一下情绪,迈
着沉着的步伐走了。

种作风和态度，只有这样，自己才能在战斗中发挥优势，才不会犯冲动和毛躁的毛病。

马特洛索夫走出去以后，舍尔宾那上尉和阔洛索夫上尉看着这位可爱的小伙子，两人相互看了看对方，会心地笑了。舍尔宾那上尉一边抽着烟，一边同阔洛索夫上尉说道："我相信马特洛索夫现在一定跑得比子弹还快呢。"听了舍尔宾那上尉的话，阔洛索夫上尉说道："马特洛索夫是第一次带队嘛，可以理解他在想些什么。"两位指挥员还是比较欣赏马特洛索夫的，虽然他年龄小，入伍时间不长，战斗经验不足，身上还有些小毛病，比如做事情不沉着冷静，容

☆马特洛索夫走出去以后，两位指挥员看着这位可爱的小伙子，会心地笑了。舍尔宾那上尉说："相信他现在一定跑得比子弹还快呢。"阔洛索夫上尉道："第一次带队嘛，可以理解他在想什么。"

易冲动和毛躁。但两位指挥员还是从马特洛索夫身上看到了很多值得欣慰的地方：马特洛索夫虽然年轻，但他学习能力很强，还乐于助人，善于动脑。特别是在那次战斗中，他深夜摸入敌人的兵营，先是吹了声口哨，将熟睡中的敌人都惊醒，然后才用冲锋枪将他们歼灭，这足以说明这小子有头脑。再有就是在第一次随侦察班执行任务时，虽然由于惊慌，在通过铁丝网时被挂住了，但他后来还是随机应变，在选择撤退与前进的同时，能以大局为重，考虑到了战友们的生命安全和完成任务的重要性，从而暴露自己来吸引敌人的火力，而保证了战友们顺利完成任务。这些都是马特洛索夫身上的闪光点。舍尔宾那上尉和阔洛索夫上尉相信，这个年轻的小伙子一定会成为一名优秀的近卫军战士。

　　在战壕里，战士们抱着枪议论着，战士比特洛夫说道："我敢打赌，今天一定有个总攻击。"另一个战士说道："这好呀，咱们在最前面，我们后面有人，前面可没有，这多好呀。"这时比特洛夫双臂搂着枪，两个手互相插在袖管里说道："这有什么好的？在最前面，也是先牺牲啊。"另一个战士说道："大家都知道我们在最前线，你、我和他还有阿卜杜拉。"一个士兵听了后说道："这次仗打赢了，你还不把我们全军都改成你的名字啊。"这个战士说道："不，我没想那么大，我就想别人叫我潘西罗夫。"听了他的话，战士比特洛夫乐了，他一边乐，一边抱着枪沿着战壕走着，他走到伊万身边，冲着他说道："呵呵，他还想当潘西罗夫将军呢！哈哈。"大家都在等待着，看来真的是要执行一场大的攻击任务了，但谁也不知道任务的具体内容是什么，又从什么时候开始执行，这一切，大家都不清楚。

☆战壕里，战士们在议论，有的说："今天一定有个总攻击，这好啊，咱们在最前面。"战士比特洛夫却说："这有什么好？在前面也是先牺牲。"

这时，有的战士说道："人家背后就是莫斯科，而我们这边呢，我们背后只是一片空地，前面是个无名的小村子。"一个战士说道："怎么的？你还想要名誉？这又有什么呢？我们可以把它叫做莫斯科第二，像保卫莫斯科一样保卫它。"然后这个战士对

站在斜对面的马特洛索夫说道："我说的对吗，马特
洛索夫？"马特洛索夫听了说道："不错！对于我们
来说，今天的每一个乡村都是首都莫斯科。"就在这
时，一个战士说道："马特洛索夫、伊万，你们看。"
大家顺着这个战士手指的方向看去。"那是什么？"
一个战士好像没看明白，另一个战士看着说道："那
是工兵呗，还不是平常的事儿。"这时伊万大叔好像
看出来了什么端倪，说道："噢，旱天打雷，看来是
要下雨哟。"战士们一边聊着天，一边随时等候着
命令。

☆有的说："我们背后是一片空地，前面是个无名的小村子。"有的说：
"那我们也要像保卫莫斯科一样保卫它！"马特洛索夫说："不错！对于
我们来说，每一个乡村都是首都。"

就在这时，突然传来了机枪的扫射声，战斗终
于打响了，马特洛索夫让战友们马上准备好，并交
待他们不要随便开枪，要执行上级的命令，按照上
级的部署去行动。马特洛索夫此时明白自己的责任
有多大，他谨记舍尔宾那上尉的话，"要沉着和冷
静，不要冲动和毛躁"。所以做为代理班长，他也有
责任管理好自己的战友们，也要让他们听从命令，
服从指挥。舍尔宾那上尉和阔洛索夫上尉交给自己
的任务是记住敌人的火力点，严密地监视着敌人，
特别强调了不要轻举妄动，不要和敌人发生正面冲
突，不到万不得已，不要开火。这次马特洛索夫是

☆战斗终于打响了，马特洛索夫让战友们马上准备好，并交待他们不要
　随便开枪，要执行上级的命令，按照上级的部署去行动。

实实在在地记住两位指挥员的话了，所以他已经将这一命令严格地转达给了战友们，让他们牢记，且一切行动听指挥。没有马特洛索夫的命令，任何人不许开枪。此时在这块儿阵营里，马特洛索夫作为代理班长，属于最高领导，所以一切行动都由他指挥。

马特洛索夫和伊万大叔躲在一挺重机枪后边，密切地观察着敌情，这时，伊万大叔对马特洛索夫说道："怎么这子弹从左边来得也这么猛呀？""从左边？"马特洛索夫有些不明白，在他的记忆中，阔洛

☆马特洛索夫和伊万大叔在一起观察敌情，他们突然发现火力从左边来得很凶。马特洛索夫说："左边不应该有敌人的碉堡啊！"伊万说："一定是新的火力点。"

索夫上尉让他看的敌人火力分布图上，左边是没有火力部署的呀，怎么现在左边有了射击情况呢？想到这儿，马特洛索夫说道："左边不应该有敌人的碉堡啊！"伊万大叔听了马特洛索夫的话，有些不明白，问道："为什么不应该有呢？"马特洛索夫对伊万大叔说道："阔洛索夫上尉已经让我看过敌人火力的分布图了，我也都记得一清二楚，在地图上，左边是没有任何的火力点的，所以应当也不会有敌人的子弹射击出来呀。这是怎么回事儿呢？"伊万大叔听了马特洛索夫的话，分析道："那这一定是敌人新的火力点吧。"马特洛索夫没想到敌人的实际火力点部署会与阔洛索夫上尉让自己看的敌人的火力点分布图上有差别，这确实有些出乎意料。

战场的情况突然有了变化，必须要马上炸掉这个新发现的敌人的火力点。想到这儿，马特洛索夫说道："这个火力点一定要炸掉。"听了马特洛索夫的话，一个战士请战说："我，我上去。"马特洛索夫看了看他，说道："好！你上去吧！"于是那个战士勇敢地先上去了。这个突然出现的火力点，确实有些出乎马特洛索夫的意料。开始他以为是自己记错了，但是他再三地回忆，确认敌人的火力分布图上没有这个出现的火力点。所以这个火力点的出现的确打乱了自己的部署，马特洛索夫本来已经根据敌人火力点分布图上的火力点分布，安排了相关的爆破人员，每个火力点都有相应的人员来负责清除。所以说这个火力点的

突然出现，让马特洛索夫有些被动，为了不影响后续
的大进攻，不延误战机，必须要重新安排人来对这个
火力点进行清除。

☆战场的情况有了变化，必须马上炸掉新发现的这个火力点。一个战士请
　战说："我上去！"马特洛索夫说："好！你上去吧！"于是那个战士勇敢
　地先上去了。

第七章

比特洛夫

看着战友向那个火力点冲过去了，比特洛夫说道：“他这是想在报纸上出风头呢，打完仗在报纸上登两行，某军、某次战斗……”比特洛夫就是这样一个人，自己有些胆小，还不爱往前冲，凡事都要扯后

☆比特洛夫说：“他这是想在报纸上出风头呢，打完仗在报纸上登两行，某军、某次战斗……”

腿。他在部队上可以说是好吃懒做，训练懈怠，战斗不力。但考虑到当前正是用人之际，只要年龄和身体条件符合的人都参军了，所以上级领导对他也只能是严加管教，正确引导。可话也说回来，江山易改，本性难易。比特洛夫天生就是这样的人，他自己面对战斗畏手畏脚，还爱说风凉话。当看到一名战友不畏生死向着敌人的火力点冲上去的时候，比特洛夫便又开始了自己一贯说风凉话的毛病。在比特洛夫眼里，上次马特洛索夫就是因为在同战友们执行任务时，向敌人扔了一颗手榴弹，所以马特洛索夫成了报纸上的英雄，成了大家眼里的名人。这次也一样，看到一个战友为了战斗的胜利，为了大局，奋不顾身地向敌人的火力点冲去，他不但不表示担心和钦佩，却还是一如既往地说风凉话。

此时，看到战友自告奋勇向敌人的火力点冲去，在面对危险时并没有退缩和畏惧，马特洛索夫心里很是欣慰和敬佩。但是马特洛索夫听到比特洛夫说这样的风凉话，非常生气，他严肃地说道："比特洛夫！你不害臊吗？对同志说这样的话！"马特洛索夫明白，比特洛夫说这样的话，会深深地伤害战友的心，会影响大家的战斗热情，会降低大家的战斗积极性，甚至直接影响大家的战斗力，会对战斗的胜利起到反作用。但是比特洛夫这种人，天生就是这样的脾气性

格，他好逸恶劳，不思进取，每次在训练的时候总是
想方设法找借口，不是头疼脑热，就是其他地方不舒
服，总会逃避训练。在实际战斗中也一样，其他战友
每次战斗都是生龙活虎、摩拳擦掌，面对凶狠的敌
人，予以狠狠地打击。但比特洛夫却不同，一到正式
的战斗就害怕，他自己不但不会勇敢冲锋、顽强杀
敌，并且还对其他战士英勇杀敌的行为给予冷言冷语
的讥讽。

☆马特洛索夫听到比特洛夫说这样的风凉话，非常生气，他严肃地说：
"比特洛夫！你不害臊吗？对同志说这样的话！"

比特洛夫却不以为然地说道："我也不是三岁
两岁的小孩……"马特洛索夫喝住他："你马上回

部队去，报告上尉同志就说我把你赶回去了！你就
这样跟上尉说。"此情此境，马特洛索夫实在是忍
不住了，正是关键时刻，大家都在战场上，战士们
都在准备奋勇杀敌，但此时比特洛夫的言论，却是
极大地不合时宜。他不但不能够振奋人心，鼓舞士
气，反而让战友们士气大挫，大大影响了大家的战
斗情绪。如果处理不当，很有可能会导致作战的失
败，所以此时的马特洛索夫，已经没有办法，必须
要将比特洛夫清理出去。只有把他清理出去了，才
能让大家回复士气，大家才能感觉到集体的力量。
马特洛索夫没有认为自己做错了什么，反而觉得自

☆比特洛夫不以为然地说："我也不是三岁两岁的小孩……"马特洛索
夫喝住他："你马上回部队去，报告上尉同志就说我把你赶回去了！"

已现在下决定都有些晚了，要是早知道这个比特洛夫是现在这样，那他早就将他清理出去了，省得他还在战友面前说三道四，影响大家心情，影响大家志气。特别是刚才在战友去清除敌人的火力点时，比特洛夫却说出这样的话，实在是让马特洛索夫受不了了。

比特洛夫对旁边站着的伊万说道："伊万叔叔，这是为了什么呢？"伊万也十分反感比特洛夫的话，就说道："你在这里影响大家的情绪。"旁边一个战友说道："对，就是因为这个。"比特洛夫一看大家都对

☆比特洛夫对伊万说："伊万叔叔，这是为了什么呢？"伊万也反感他的话，就说："你在这里影响大家的情绪。"比特洛夫说："我是在开玩笑。"他的态度也引起了其他战友的不满，有的战士说："杀了人也说是开玩笑！行吗？"

他表现出了讨厌与冷漠，他也有些惊慌了，忙说道："可刚才我是在开玩笑。"他的态度也引起了其他战友的不满，有的战士说："杀了人也说是开玩笑！行吗？"比特洛夫意识到自己刚才的话有些过分，不但让马特洛索夫不高兴，还让战友们都很气愤。大家都对比特洛夫表现出冷漠与不屑，比特洛夫想，现在马特洛索夫让自己回部队，这要是真回去了，阔洛索夫上尉和舍尔宾那上尉问起来，自己说是被马特洛索夫赶回来了，那该多丢人啊。一看现在的局势，比特洛夫忙走到马特洛索夫身边说道："班长同志，我知道错了，我再也不这样说了。"但是此时的马特洛索夫已经对比特洛夫不报任何希望了，知道这个人是无法改变的，所以冷冰冰地对他说道："请你服从命令。"比特洛夫看马特洛索夫已经铁了心，便无奈地说道："是！"

苏军的火箭炮开始猛烈地发射，战士们看到这猛烈的火力给敌人以致命的攻击，从心里感到非常振奋。马特洛索夫开始打电话向团部汇报："我是马特洛索夫，现在我汇报前线的战况，在四和五据点之间，发现了敌人一个新的据点。对，在四和五据点之间，发现了敌人一个新的据点。可能是敌人的碉堡，对，已经派人去侦察了。"阔洛索夫上尉听到马特洛索夫的汇报，命令他："把你们侦察的详细情况立刻报告给我。"之后阔洛索夫上尉与上级进行了汇报："我是十四号,在四和五据点之间发现了敌人新的碉堡,详细情况我一会儿再补充报告。"然后阔洛索夫上尉又问马特洛索夫："你们那儿情况怎么样?"马特洛索夫说道："发生了意外,侦察员还没回来。我准备自己去侦查。请稍等一下,上尉……"原来就在这时,侦察员回来了,不过,他是爬回来的,身上遍体鳞伤,双眼已经睁不开了。马特洛索夫和伊万大叔忙把他放在一个平坦的地方,让他斜靠在那里。终于,这个战士的眼睛睁开了,当他看清是马特洛索夫和伊

☆苏军的火箭炮开始猛烈地发射,战士们看到这猛烈的火力给敌人以致命的攻击,从心里感到非常振奋。

万大叔时，马上说道："马特洛索夫，给我手榴弹，我去把那个碉堡给炸了。"

"有碉堡？"马特洛索夫问道："在哪儿呢？"那个受伤回来的侦察员说道："给我手榴弹，我去给它炸掉。"马特洛索夫问道："碉堡在哪儿？"受伤的侦察员用手指着远出说道："那不是嘛，一个很小的土岗。""哪儿？"马特洛索夫顺着侦察员手指的方向望去。受伤的侦察员对马特洛索夫说道："看见了吗？前方偏左 200 米的位置。在那儿什么都能看到，我的第二个手榴弹要是不往出扔就好了。"这时，伊万大叔找来了急救箱，急忙将受伤侦察员头上的伤口用纱布包扎好。受伤的侦察员一再要求去炸碉堡，马特洛索夫关心地问道："你还能去吗？"受伤的侦察员说道："没问题，快给我手榴弹。"马特洛索夫说道："你不能去，快去报告上尉。""不，我不能后退，我要去炸掉它。"受伤的侦察员说道。马特洛索夫严肃地说道："这是命令，你不能去。"受伤的侦察员倔强地说道："我不能接受命令。这点儿伤算得了什么，我还要冲上去！"马特洛索夫对他说道："请你去报告上尉，好让你能指出碉堡的位置，以便我们及时、准确地完成任务。"这时，火箭炮的炮火把天空照得如同白昼，数不清的炮弹像火龙般飞向敌人的阵地，大地也随之震动着……

☆火箭炮的炮火把天空照得如同白昼，数不清的炮弹像火龙般飞向敌人的阵地，大地也随之震动着……

　　被马特洛索夫"赶回"部队的比特洛夫在掩体里对阔洛索夫上尉说道："还是让我回到班上去吧！上尉同志。"阔洛索夫上尉说道："不！马特洛索夫做的是对的，应该把你赶回来！在战场上影响同志们的情绪是不允许的！"听了阔洛索夫上尉的话，比特洛夫羞愧地说道："上尉同志，我一定将功赎罪。"阔洛索夫上尉看了看站在一边的比特洛夫说道："还是算了吧，你别说漂亮话儿了，你还是留在我这儿吧。""是！"比特洛夫行了个军礼，然后出去了。本来比特

洛夫是想通过这个机会将功赎罪，也算是对前面言行
的一个补偿。可阔洛索夫上尉并没有同意，阔洛索夫
有他的想法，既然马特洛索夫将比特洛夫赶回来了，
自己就不能再让他回前线了。毕竟比特洛夫在前线上
说的那些话，大大影响了大家的士气，特别是在这敌
我交战的关键时期，这是不应该的，阔洛索夫上尉很
支持马特洛索夫的做法。

☆被马特洛索夫"赶回"队部的比特洛夫在掩体里说："还是让我回到班
上去吧！上尉同志。"阔洛索夫上尉说："不！马特洛索夫做的是对的，
应该把你赶回来！在战场上影响同志们的情绪是不允许的！"比特洛夫
羞愧地说："我一定将功赎罪。"

苏联军队的坦克部队以排山倒海之势开始出击，
成群的坦克像猛虎下山似的冲向敌人阵地。坦克一辆

接一辆地行进在崎岖的战地上，一颗颗炮弹从坦克的炮筒中呼啸而出，在敌人的阵地上炸开了花。战争就要结束了，这场迟到的胜利，让更多的苏联人民经历了非比寻常的苦难。在战争之初，胜负就已定，自古以来，正义必胜。德国法西斯入侵者，为了罪恶的念头，为了自己的野心，为了领土的扩张，不惜对其他国家和民族进行掠夺和劫杀。面对德国法西斯侵略者的罪恶入侵，苏联人民只有拿起枪来，走向战场。为了将德国法西斯侵略者赶出苏联的领土，苏联全国各族人民都齐心协力，同仇敌忾，众志成城，万众一心，要将德国侵略者杀回德国去。上到国家元首，下

☆苏军的坦克部队以排山倒海之势开始出击，成群的坦克像猛虎下山似的冲向敌人的阵地。

到黎明百姓，大家都饱受了德国法西斯侵略者的伤害。苏联是一个团结一心的国家，此时，成群的坦克载着苏联人民的仇恨向入侵的德国法西斯侵略者挺进。

　　火炮进行远程轰炸，坦克进行近程攻击，步兵进行战场扫尾，步兵和坦克、火炮并肩作战，大面积、全方位地扫荡着敌人的阵地，战斗已经进入了白热化的程度，战士们战斗得非常勇敢。坦克所到之处，一切皆成瓦砾。轰隆隆的声音响彻了整个战场，扁平的履带碾压着一切罪恶的灵魂。英勇的步

☆步兵和坦克、炮兵并肩作战，大面积地扫荡着阵地，战斗已进入了白热化的程度，战士们战斗得非常勇敢。但是有一个暗藏的碉堡给大部队的前进造成了威胁。

兵战士们挎着冲锋枪进行着勇猛的射击，但是有一个暗藏的碉堡给大部队的前进造成了威胁。只见这个暗藏的碉堡，不停地喷出火舌，向着前进着的苏联步兵无情地射击，随着暗藏的碉堡中的机枪声的响起，不断有步兵在枪声中倒下。这个碉堡的位置很隐蔽，也正是前面马特洛索夫派侦察员去查看的那个碉堡，不幸的是，那个侦察员受伤后回来了。碉堡现在也还在那里不停地射击着，无情的子弹射中了前进着的步兵，就这样，一个又一个步兵倒下了。看来，现在要想顺利地结束战斗，只有先将这个碉堡拿下，否则一切都是徒劳。

掩体中，正在进行着电话汇报："四和五据点之间，碉堡开火了。"这时，炮兵的炮长进来报告："炮兵司令部野战炮第二大队六中队一小队炮长前来报告。咳……咳……"阔洛索夫上尉听了这个炮长说话的嗓音，扭回头来看了看他，说道："你的嗓子怎么成这个样子了？"听了阔洛索夫上尉问自己的嗓子，炮长忙说道："我的嗓子是喊口令喊的，上尉同志。"阔洛索夫上尉继续通过掩体上的观望口，观察着前方阵地上的情形，他问炮长："怎么连个碉堡都打不掉？"炮长说道："上尉同志，是因为……""你过来看一下。"没等炮长把话说完，阔洛索夫上尉便指着外边对炮长说道，"看见没有？"阔洛索夫问道，

炮长答道："看不见。"阔洛索夫又重复道："我说的
是碉堡。"炮长答道："对，还是看不见。"阔洛索夫
上尉有些生气地看着炮长说道："你嗓子哑了，你眼
睛也出问题了吗？"炮长说道："上尉同志，我说的
是在炮兵阵地上看不见这个碉堡。"这下阔洛索夫上
尉明白了，对炮长说道："噢，那应该把炮推出来直
接向它瞄准射击！执行去吧！""是！"炮长执行命令
去了。

☆炮兵的炮长进来报告，他的嗓子因喊口令已经嘶哑。阔洛索夫上尉说：
"怎么连碉堡都打不掉？"炮长说："在炮位上看不到那个碉堡。"阔洛
索夫上尉说："应该把炮推出来直接向它瞄准射击！"炮长执行命令
去了。

　　工兵正冒着敌人密集的火力挖着地雷，为苏军的坦克与步兵开辟着前进的道路。敌人的炮火依然那么猛烈，苏军的坦克也在咆哮着、前进着。众多步兵手里端着冲锋枪紧跟在坦克后面，弯腰前进着。工兵们也一字排开爬在地上，侧着身子，左肩膀贴着地，头上的钢盔也顶着地，然后双手紧握着工兵锹，不停地在地上挖掘着、探索着。他们生怕错过了地下的每一颗地雷，如果真的漏挖或少挖了颗地雷，那后果将是很严重的。轻则被遗留在这片土地上，为以后人民的生活埋下安全隐患；重则将

☆工兵冒着敌人密集的火力挖着地雷，为苏军的坦克与步兵开辟着道路。

坦克车炸毁，可以说是车毁人亡。为了清除苏军前进道路上的地雷，工兵同志们冒着生命危险，爬在被冰冷的大地上，不停地向前扭动着自己的身躯，不断地挥动着自己手中的工兵锹。敌人碉堡中射出的子弹，打在工兵身边的地上，溅起点点的尘土和沙石。有的工兵不幸中弹了，将自己火热的身体献给了这苍茫的大地，为苏联的卫国战争奉献出了自己宝贵的生命。

在炮兵阵地上，嗓子已经嘶哑的炮兵长依然用沙哑的嗓子喊道："向左二十度，开炮！"随着炮兵长的命令，炮弹应声从大炮中发出。阔洛索夫上尉来到前沿阵地视察战斗情况，他看着炮兵长在忙碌地指挥着，问道："你们这边儿怎么样？"炮兵长一边用望远镜观察着前方的阵地，一边向阔洛索夫上尉汇报："由于地形的关系啊，上尉同志，怎么打也打不着那个敌人的火力点。你看……向右四十度，开炮！"炮兵长一边跟上尉汇报，一边指挥着大炮继续进行着射击。阔洛索夫也看到了，他在考虑着怎样啃下这块硬骨头。确实那个碉堡的位置有些复杂，从炮兵阵地这儿是无法观察到的，大炮更是无法企及。但目前这个碉堡的确是个问题，虽然说是有坦克开路，步兵垫后，但阵地上的地雷还是到处都是，所以要想让前进的道路上一片坦途，必须要让工兵将全部的地雷排掉。但现在就是因为这个碉堡的存在，导致了无数的工兵倒在了排雷的阵地上。所以，当务之急，就是尽快将这个碉堡拿下。

☆阔洛索夫上尉来到前沿阵地视察炮兵的情况，炮兵反映有个火力点怎么打也打不着，阔洛索夫上尉在考虑着怎样啃下这块硬骨头。

从炮兵阵地下来，阔洛索夫上尉没有回到掩体，而是直接摸到了步兵侦察班的阵地，侦察班的战士们正在紧密侦察着前方的情况。阔洛索夫上尉跟他们说道，前方的那个碉堡是目前前进道路上的最大障碍，必须要有个人去爆破掉。阔洛索夫上尉刚说完，侦察班的战士们便争先恐后地要求去炸碉堡。此时此刻，战友们看到无数的工兵兄弟在排雷的路上，被碉堡中

的机枪射中，就这样将青春的鲜血洒在了火热的战场
上，每个人的心都是阵阵剧痛。此时，这个不起眼的
碉堡，却俨然成了苏军前进路上的拦路虎。阔洛索夫
上尉在炮兵那儿也看到了，这个碉堡根本无法打中，
对于大炮来说，是个盲区，射击不到。所以现在依靠
炮兵来摧毁这个碉堡是不现实的，想到这些，阔洛索
夫上尉才来到步兵侦察班，所有的希望都寄托在他们
身上了。坦克还在枪弹中前进着，工兵们还在努力地
排雷，碉堡中的机枪也从未停止过。因此他才决定让
侦察班的战士去进行爆破。

☆阔洛索夫上尉来到步兵侦察班的阵地，说需要有个人去爆破那个碉堡，
大家都争先恐后地要去。

在争先恐后要求去爆破碉堡的战士当中，阔洛索夫上尉听到了一个声音特别响亮："让我去吧，上尉同志！我保证完成任务。"阔洛索夫上尉寻声望去，原来说话声音最大的是在战场上由于说风凉话而被马特洛索夫以降低战友士气为由，赶回团部的比特洛夫。听到比特洛夫的请求，阔洛索夫上尉同意了，他不但批准了比特洛夫的请求，并且派了另一个战士和他一块去执行这项重要的任务。在如此紧要的关头，阔洛索夫上尉派比特洛夫去执行这项任务，他是经过了深思熟虑的。前面比特洛夫由于在战场上出言不逊，影响了大家的情绪，对战友们的士气有所影响，

☆比特洛夫坚决地说："让我去吧！上尉同志。"阔洛索夫上尉批准了他的请求，并派另一个战士和他一起去。

所以才导致了众多战友对他的不满，同时也让马特洛索夫一怒之下将比特洛夫赶回了团部。当时，阔洛索夫上尉听比特洛夫阐述了自己被马特洛索夫赶回团部的原因后，也是相当生气，觉得马特洛索夫做的对。同时，这件事也让比特洛夫意识到了自己的错误，所以他一心想能有机会弥补大家对自己的不好印象。这次看到阔洛索夫上尉提出了要派人去对前方敌人的顽固碉堡进行爆破，比特洛夫认为自己的机会来了，他要让战友们看看真正的自己，所以他要求去爆破碉堡。

看着比特洛夫和一个战友向碉堡爬去，舍尔宾那上尉和阔洛索夫上尉商量道："如果比特洛夫还是不能将这个碉堡爆破呢？"阔洛索夫上尉眼睛盯着远处说道："十五分钟以后就开始冲锋！"听了阔洛索夫上尉的话，舍尔宾那上尉说道："那好吧，我去安排人，共产党员们冲在前面。"阔洛索夫上尉与舍尔宾那上尉互相鼓励地握着手。现在战争已经到了白热化的程度，在十五分钟后，无论碉堡是否能够爆破，冲锋是必需的。所以希望这次比特洛夫和战友能够一切顺利，成功地将敌人隐藏的这个碉堡爆破。这样，不但对比特洛夫自己而言，是一个将功赎罪的机会，同时，对于整个战斗来说，也是一件好事。如果届时比特洛夫不能完成对碉堡的爆破任务，那么，十五分钟

后冲锋还是要展开的。但后果可能是，在冲锋的过程
中，敌人的碉堡会更猛烈地对冲锋着的战士们进行疯
狂射击，那么，将会有更多的战友倒在敌人的枪下。

☆舍尔宾那上尉和阔洛索夫上尉商量道："如果爆破不了呢？""十五分钟
　以后就冲锋！""我去安排人，共产党员们冲在前面。"两个人互相鼓励
　地握了手。

第八章

冲锋在即

在掩体内，电话兵正在接电话，是团部打来的。电话兵对着电话说道："是，阔洛索夫上尉没在，对，他去前线阵地上了。是，我一定转告阔洛索夫上尉，好，我马上打电话联系他。上尉同志，您稍

☆电话兵接到团部的电话，上级找上尉同志询问战况，正在这时，阔洛索夫上尉从战壕中迈着迟缓的步子走进来。

等，阔洛索夫上尉来了，您别挂电话……"原来是上级找阔洛索夫上尉询问当前的战况。正在这时，阔洛索夫上尉从战壕中迈着迟缓的步子走了进来。此时的阔洛索夫上尉也很疲劳，他整天往返于战壕掩体与阵地之间，身心疲惫。特别是现在，冲锋在即，但敌人的一个碉堡却还在顽强地喷发着火舌，疯狂的机枪射击出无情的子弹，狠狠地打在战士们的身上。在前进的道路上，虽然远有大炮轰炸，近有坦克开路，但步兵中还是有好多战士被子弹射中。这个碉堡，成了阔洛索夫上尉心中的一个结，他不知道这次比特洛夫能不能顺利完成任务，如果在十多分钟后冲锋开始时，碉堡已经被成功爆破，那么，前方一片光明。反之，冲锋就不会一帆风顺，会受到一点儿挫折。

阔洛索夫上尉疲惫不堪地从电话兵手中接过电话，还没等他说话，电话兵小声说道："是团长。"阔洛索夫上尉对着话筒说道："喂，喂，团长，你好。"然后开始进行战况汇报："我们的炮兵和空军已经摧毁了敌人的阵地，跟在坦克后面有一个中队的人冲上去了，却被意料之外的敌人的碉堡截住了，由于地形复杂，绕过碉堡是不可能的……不，团长同志，我已经派人去了……"然后阔洛索夫上尉抬起左手腕看了看手表说道："团长同志，十分钟后就要开始冲锋了。"此时的阔洛索夫上尉脸色苍白，嘴唇微微发青，状态相当不好。电话兵看着面容相当憔悴的阔洛索夫上尉，不知道如何是好。可能是阔洛索夫上尉太累了吧，他整天忙于战争，不停地往返于前线阵地与战壕掩体之间。尤其是现在遇到了新的问题，敌人的碉堡给当前的战斗造成了一定的影响，再有十多分钟就要进行大冲锋了，如果这个碉堡还不能成功爆破，那么它可能真的会对冲锋造成影响。

☆阔洛索夫上尉报告："我们的炮兵和空军已经摧毁了敌人的阵地，跟在坦克后面有一个中队的人冲上去了，却被意料之外的敌人的新碉堡截住了，由于地形，绕过碉堡是不可能的……我已派人去了，十分钟后开始冲锋！"

　　阔洛索夫上尉接完电话，一边脱去军大衣，一边对电话兵说道："米列罗夫斯基，到门口外面去站一会儿，两三分钟内不要让任何人进来。""是！"电话

兵米列罗夫斯基虽然有些不明白阔洛索夫上尉这是要做什么，但还是很坚决地执行了命令。然后，阔洛索夫上尉开始脱衣服，他的动作很慢，现在所做的每一个动作好像都浪费了他的很大气力。但他还是在硬撑着，不愧是一个刚强的战士。阔洛索夫上尉的确太累了，他已经深深地感觉到自己明显体力不支了，心力交瘁，但是没办法，现在战斗还在继续，并且有些曲折。另外，马上就要开始冲锋了，但那个碉堡还深深地印在阔洛索夫上尉的脑海里。他不知道现在比特洛夫和陪他一块儿去的战友怎么样了，碉堡是不是已经被清除了。他希望能顺利地拔掉这个眼中钉、肉中

☆阔洛索夫上尉接完电话，让卫兵去掩体门外站着，两三分钟内不要让人进来，他说着解开大衣的纽扣和皮带。

刺！只要冲锋能按时、顺利地进行，那么战争的胜利
是不言而喻的。

　　这时玛莎来了，他进门看着面容苍白的阔洛索夫
上尉说道："怎么了？上尉同志，你受伤啦？"原来阔
洛索夫上尉受伤了，所以他看上去脸色才那么苍白。
他之所以叫电话兵站在门口，就是不想让别人知道，
他让玛莎来是帮他上药的。他还特意对玛莎强调道：
"你现在给我上药，动作要越快越好。"玛莎看着阔洛
索夫上尉胸口的伤在不停地流血，便担心地对阔洛索
夫上尉说道："上尉同志，伤口太严重了，血流得太
多了，你应该马上去医院。"阔洛索夫皱着眉头，忍

☆原来阔洛索夫上尉受伤了，他把玛莎叫了过来，让她给自己上药，并且
　说越快越好。玛莎看了伤口后说："血流得太多了，应该马上去医院。"
　阔洛索夫上尉说："等打完仗再去医院。"

着疼痛对玛莎说道："我肯定会去医院的，不过是在
打完仗以后才能去。"此时在阔洛索夫上尉的心中，
自己的伤不算什么，即便流再多的血，都会有医生来
处理。但是战争不一样，现在战斗在如火如荼地进行
着，苏联近卫军同德国法西斯侵略者正在生死相战，
目前战况输赢未定，他根本无心顾计自己身上的伤。
现在他最揪心的是那个碉堡有没有爆破掉，前进的道
路是不是已经铲平。

　　玛莎看着倔强的阔洛索夫上尉，一边准备药品，
一边对阔洛索夫上尉说道："上尉同志，你的伤太严
重了，我应该去报告上级的，如果隐瞒，是会担责任

☆玛莎说："上尉同志，你伤得太重了，我应该去报告。"阔洛索夫上尉不
容置疑地说："不许跟任何人说！我不是请求你，我是命令你！"

的。"阔洛索夫上尉用坚毅的目光、强硬的态度，以不容置疑的语气对玛莎说道："玛莎，你听着，不许跟任何人说！我不是请求你，我是命令你！你明白了吗？"玛莎看着态度坚定的阔洛索夫上尉回答道："是。"然后玛莎麻利地帮阔洛索夫上尉简单地包扎了伤口，见包扎得差不多了，阔洛索夫上尉才将衣服重新穿好，又整理下自己的衣衫。此时的阔洛索夫上尉，脸上依然满是无尽的憔悴和倦容。为了苏联早日走出德国法西斯侵略者的笼罩，为了苏联人民的早日解放，为了全世界反法西斯的早日胜利，阔洛索夫上尉已经完全将自己的生死置之度外，在他的心中，祖国高于一切，人民高于一切。所以阔洛索夫上尉在被敌人的子弹射中后，强忍着身体上的剧痛，没有让别人有一丝的觉察。

　　这时，阔洛索夫上尉给阵地上打电话，询问战况如何。阔洛索夫上尉问道："派去炸碉堡的两个人怎么样了？现在有什么消息没有……你这样想吗？那你再等三分钟再开始吧。"这时，阔洛索夫上尉状态很差，表情十分沉重，他对电话兵说道："米列罗夫斯基，我的钱包在抽屉里，钱包里面有我老婆的地址，如果我有什么意外，请你通知她。"电话兵米列罗夫斯基看着阔洛索夫上尉说道："上尉，您怎么了？"他并不知道阔洛索夫上尉受伤了，他刚才只顾着在门外站岗了，不清楚玛莎是在给阔洛索夫上尉包扎伤口。阔洛索夫没有回答米列罗夫斯基的询问，而是目不转晴地看着手表，过了一会儿，说道："到了，时间到了。"在战场上，随着战士们的呐喊声，残酷的战斗依然在继续着，战士们向前猛冲着，战斗越打越激烈，炮火猛烈得像要把大地掀翻似的，战士们正在和敌人浴血奋战，在激烈的战斗中，有更多战士牺牲了。

☆战斗越打越激烈了，炮火猛烈得像要把大地掀翻似的，战士们正在和敌人浴血奋战，有更多战士牺牲了。

第九章

临危受命

这时，指挥部里，阔洛索夫上尉静静地坐着。
"报告上尉，我们两个来了。"马特洛索夫和另一名战
士米沙被阔洛索夫叫到了指挥部来。"你俩往前走点

☆阔洛索夫上尉把马特洛索夫和另一名战士米沙叫到指挥部来，交待道：
　"我想你们俩一定明白我要你们去做什么，我命令你们要保护好自己，
　要躲开敌人的射击，这不是逃避，而是为了保证这次战争的胜利。无论
　如何都要炸掉那个碉堡！"

儿。"阔洛索夫上尉有气无力地对两人说道。"是!"
马特洛索夫和米沙又往阔洛索夫上尉身边靠近了几
步。阔洛索夫上尉看着两人说道:"你们俩知道我找
你们来做什么吗?""我们知道,上尉同志。"马特洛
索夫和米沙异口同声地答道。听了两人的回答,阔洛
索夫上尉感到很欣慰,他对两人说道:"我知道你们
会明白的,现在我命令你们,马特洛索夫和米沙,你
们要保护好自己,不管怎么样,先要躲避敌人子弹的
射击。更要知道,这不是逃避,不要牺牲,这是为了
保证这次战争的胜利。无论如何,都要炸掉那个碉
堡!"现在,阔洛索夫已经将所有的希望寄托到了马
特洛索夫和米沙两个人身上。看着无情的战场上,无
数的战友们在枪声中倒下,阔洛索夫上尉心里无比
难受。

马特洛索夫和米沙接受了命令,两人看着阔洛
索夫上尉说道:"上尉同志,我们现在可以去了吗?"
"等一等。"阔洛索夫上尉看着马特洛索夫和米沙说
道:"你们知道,目前我们全国都已进入了全面反
攻、追击德寇的阶段。我们前线所有的师和团,现
在都从我们的左右两翼冲上去了。"对于阔洛索夫上
尉来说,在整个苏联战场上,已经掀起了新一轮的
冲锋高潮,无数的德国法西斯侵略者被正义的子弹
击毙在苏联的战场上,但罪恶并没有完全被消灭,
数不尽的苏联战士们为了早日将德国法西斯侵略者
赶出苏联的土地,浴血奋战,在战场上奋勇杀敌,

勇往直前。但是狡猾的德国兵并不是彻底不堪一击，而是在顽强地做着最后的挣扎。此时的马特洛索夫和米沙，已经从阔洛索夫上尉的脸上，看到了那丝无奈和那丝期盼的等待。对于马特洛索夫和米沙来说，只有胜利地完成任务，才不辱使命，才不会愧对祖国。

☆他们接受命令准备去执行的时候，阔洛索夫上尉让他们等一等，说："目前全国已进入反攻、追击德寇的阶段，我们前线所有的师和团都从我们的左右两翼冲过去了。"

　　阔洛索夫上尉看着马特洛索夫与米沙，越说越激动："其他师团都有进展，可是只有我们在这里没有进度，这就等于我们在向后退！现在我们成了全军最落后的队伍！明白了吗？你们现在去吧！"阔洛

索夫上尉的话，一字一句，都深深地印在马特洛索夫和米沙脑海中。两人也知道敌人的那个碉堡对冲锋造成了巨大的影响，不但影响了冲锋的顺利进行，更让无数的战友们的生命受到威胁了。那个顽固的碉堡，就像是长在脚下的一根肉刺，它深深地扎在战士们的脚底，痛的不仅仅是脚，更是深深地扎痛了每个人的心。敌人的这个碉堡一分钟不除，冲锋的战场上就会有更多的战士流血、牺牲。但是这个碉堡的位置太隐蔽了，大炮根本无法打中，坦克也过不去，坦克的炮弹射程也够不着。尽管已经派侦察兵去进行爆破，但侦察兵在去爆破的路上，被碉

☆阔洛索夫上尉越说越激动："可是只有我们这里没有进度，这就等于在向后退！现在我们成了全军最落后的队伍！明白了吗？你们现在去吧！"

堡中无情的子弹射中了，一个又一个战士倒在了通往爆破的路上。

　　听了阔洛索夫上尉的话，米沙率先跑了出去。马特洛索夫正要转身出去，突然从阔洛索夫上尉的衣襟里看到了绷带！他心里一惊：原来阔洛索夫上尉受了伤！阔洛索夫上尉发现马特洛索夫正注视着自己的伤口，他立刻用衣服遮住了伤口上缠着的绷带，马特洛索夫什么也没说，转身冲了出去。此时，马特洛索夫的心是火热的、是滚烫的，从阔洛索夫上尉身上的绷带上，马特洛索夫仿佛看到一种无形的力量，在支撑着某种信念。一股挚诚的鲜血，慢

☆马特洛索夫正要出去，突然从阔洛索夫上尉的衣襟里看到了绷带！他一惊：原来上尉受了伤！上尉立刻用衣服遮住了绷带，马特洛索夫什么也没说，转身冲了出去。

慢地融入到了马特洛索夫的血脉当中,他已经感受到了阔洛索夫上尉的坚强与韧性。在伟大的苏联人民反抗德国法西斯侵略者的战争中,无数的鲜血染红了数不清的战场。而此时,马特洛索夫看到阔洛索夫上尉身上的绷带,却无比地感慨与激动。上尉为了战争的胜利,为了苏联人民保卫祖国,付出了很多。身体受了伤,也从未向任何人透露过,依然坚强地指挥着战役。

就在马特洛索夫转过身向外跑去,快到门口时,阔洛索夫上尉冲着马特洛索夫的背影喊道:"马特洛索夫!"快要跨出门口的马特洛索夫听到阔洛索夫上

☆阔洛索夫上尉叫住马特洛索夫:"我等着你回来,快一点儿带着胜利回来!"马特洛索夫激动地敬了个军礼答道:"是!"

尉在叫自己，忙双手扶着门框，将双脚站住，然后转回身，看着阔洛索夫上尉。只听阔洛索夫上尉说道："我等着你回来，快一点儿带着胜利回来！"听了阔洛索夫上尉的话，马特洛索夫激动地敬了个军礼答道："是！"他从阔洛索夫的话中，听出了上尉的心声，他感受到了上尉的期待。特别是阔洛索夫上尉那期待的眼神，更让马特洛索夫心里萌生了一定要完成任务的决心。他已经意识到这次任务的重要性，碉堡能否清除，直接关系着这场战斗的胜利与否，间接影响着整个苏联战场的整体进程。冲锋的号角已经吹响，大炮、坦克和步兵们正在协同作战，但由于敌人碉堡的存在，碉堡中机枪在不停地扫射着，无数的步兵在枪声中倒下，鲜血染红了战士们倒下的土地。

　　马特洛索夫从指挥部跑出来，猫着腰躲避着敌人的子弹，在战壕里快速地走着。这时，突然自己撞着了一个人，就听见这人说道："马特洛索夫，你要干嘛去？""玛莎？"马特洛索夫停下脚步，仔细一看，自己碰到的是玛莎。马特洛索夫紧紧抓住玛莎的双臂对她说道："玛莎，你看见郭士甲一定告诉他，在这个世界上，我只有两个最亲密的朋友，一个是他郭士甲，一个是你玛莎。"此时的马特洛索夫，已经将自己的生死置之度外了。自从他听了阔洛索夫上尉的话，特别是看到上尉那缠着绷带的身体，还有他那期待的眼神，这一切让马特洛索夫心里为之感动。这更促使他下定决心要完成任务，一

定要不辱使命。此时，他看到了玛莎，好像看到了
久违的亲人，让他深深地感受到了一种从未有过的
亲情。对于马特洛索夫来说，郭士甲和他既是战友，
也是兄弟，他俩一块儿上学，一块儿参军，现在又
在同一个战场上打德国侵略者。而玛莎又救过自己
的命。所以，玛莎和郭士甲对于马特洛索夫来说，
就是自己的亲人。

☆马特洛索夫从指挥部跑出来，在战壕里碰上了玛莎。他对玛莎说："玛
　莎，你看见郭士甲一定告诉他，在这个世界上我有两个最亲密的朋友，
　一个是他，一个是你玛莎。"

　　这时敌人的机枪在马特洛索夫和玛莎的头顶上
呼啸而至，子弹射在了战壕边的沙土上，溅起的沙
土打到了马特洛索夫和玛莎的头上、身上。马特洛

索夫连忙关心地将玛莎的头紧紧地捂住，自己掩护
着她，生怕她受到一点点伤害。这阵急促的枪声过
去后，马特洛索夫将玛莎轻轻地放开，他嘱咐玛莎
道："不要忘了我的丽达。"说完马特洛索夫深情地
看了玛莎一眼，然后转身顺着战壕向阵地跑去了。
这一眼，是那么深邃，那默默的眼光，像一把利剑，
刺穿了玛莎的心。玛莎意识到了，马特洛索夫这是
在向自己告别，他要真正上战场了。玛莎知道他是
去执行特殊任务了，否则他不会这么正式的。同时，
玛莎也相信，马特洛索夫一定能够顺利地完成任务，
她相信他有这能力。对于马特洛索夫而言，玛莎就

☆他还嘱咐玛莎："不要忘了我的丽达。"说完他深情地看了玛莎一眼，
　转身顺着战壕向阵地跑去了。

像是一个小妹妹一样，特别是在马特洛索夫受伤住院期间，玛莎更是对马特洛索夫进行了无微不至的关心和照顾。

马特洛索夫和米沙已经在通往敌人碉堡的战场上了，两人一边爬行一边注视着敌人的动向。这时，伤还没有好的郭士甲不知什么时候也匍匐着上来了，看到他来到阵地上，伊万大叔忙问道："郭士甲，你怎么来了？你的伤好了吗？"郭士甲对伊万说道："我的伤没事，不成大碍。"然后郭士甲看了看阵地上的战友们，问道："马特洛索夫和米沙呢？"这时伊万对郭士甲说道："马特洛索夫和米沙已经奉命摸上去了。"郭士甲没能看到马特洛索夫，心里很难受，他遗憾地

☆在阵地上，伤还没好的郭士甲不知什么时候也匍匐着上来了，他看到马特洛索夫和米沙已经奉命摸上去了，遗憾地说："我来晚了！"

对战友们说道："我来晚了！"郭士甲是在战地医院里
听玛莎说马特洛索夫要去执行任务了，玛莎还将马特
洛索夫要她转告给郭士甲的话说给了他听。郭士甲这
才知道马特洛索夫要执行任务去了，所以才急急忙忙
地从战地医院里跑了出来，他认为自己的伤已经好
了，他想跟马特洛索夫一块儿去执行任务。因为他记
得自己在工科学校时的一天晚上，曾经和马特洛索夫
一起发过的誓言。

第十章
战友米沙

马特洛索夫和战友米沙悄悄地在地上小心地爬
着，两人一个略向前，一个略在后，动作和步调基本
上保持着一致。面对敌人的子弹在头顶不停地呼啸而
过，有的子弹就射击在两人身边的地面上，他俩却没

☆马特洛索夫和战友米沙悄悄地爬着，米沙说："我们就这样在敌人的弹雨
　底下爬，敌人还怕我们，你知道因为什么吗？因为我们的意志压倒了他
　们！"

有表现出一丝一毫的畏惧。米沙对马特洛索夫说道："马特洛索夫，我们俩在一起，就这样在敌人的枪林弹雨下爬了多少地方了？"马特洛索夫说道："那可太多了。"米沙说道："每块草地、每个小道、每条大路、每个山谷、每条河流、每块平原……我记得都很清楚。"两个人就这样，冒着敌人的枪弹，小心翼翼地爬着。这时米沙说道："我们就这样在敌人的弹雨底下爬，敌人还怕我们呢，你知道因为什么吗？"马特洛索夫说道："哦！"米沙接着说："因为我们的意志压倒了他们！"此时的米沙，心已经冲向了敌人的碉堡，恨不得马上就扔一个手榴弹将敌人的碉堡给炸掉。可恶的德国法西斯侵略者，已经让无数的苏联人民流离失所，让无数的苏联人民无家可归。

机枪扫射的声音不时从敌人的那个碉堡中射出，子弹也不断地从马特洛索夫和米沙两人的头顶飞过。两人一手持着枪，一手撑着地，双腿不停地反复运动着，慢慢地向敌人的碉堡爬去。米沙小声地对马特洛索夫说道："你猜我在想什么？"这时，一梭子弹朝着两人飞射而来，两人急忙深深地埋下了头，将额头紧紧地抵在地上，整个身体也紧紧地贴着地，恨不得将整个人都陷到地底下去。这一梭子弹过去了，米沙还双手紧紧地抱着头，将头紧紧地抵着地，一动也不动。马特洛索夫抬起头，看着米沙问道："米沙，你在想什么呢？"一路上，马特洛索夫也在不停地思考着。在接近敌人碉堡的地方，他和米沙要配合好，一

个掩护，一个负责悄悄地摸过去，瞅准时机，将敌人
的碉堡炸掉。他也想好了，由米沙来掩护自己，时不
时地朝敌人的碉堡开枪，吸引敌人的注意力，自己去
炸毁敌人的碉堡。希望这次两人能配合默契，顺利完
成任务。

☆米沙小声说："你猜我在想什么？"正说到这里，一串子弹射来，米沙趴
在地上不动了。马特洛索夫还在问他："想什么呢？"

　　马特洛索夫没有听到米沙的回答，也看不到米
沙的身体动一下，便轻轻地用手碰了碰米沙，口中
叫着："米沙，米沙！"他发现米沙受伤了。马特洛
索夫顾不上自己的安危，连忙爬了起来，赶紧把趴
在地上、头紧紧抵着地的米沙翻过身来，焦急地叫
着："米沙！米沙！"但是米沙依然一动不动，手里

的枪掉在了地上，他的头垂了下来，米沙牺牲了。米沙就是被刚才敌人的那梭子弹击中了头部。一个鲜活的生命，就在几分钟前还跟自己并肩战斗，自己还在听着他熟悉的话语。可是就在刚才，一个生命就结束了，一切都戛然而止。这就是战争，这就是在战场上。德国法西斯侵略者就这样罪恶地侵入到了苏联人民的土地上，他们无情地践踏着苏联丰收的果实和辉煌的成果。瞬间，苏联人民的幸福就被入侵的德国法西斯侵略者所侵扰。流血、伤亡、逃离、反抗，这成了苏联人民当前的生活写照。战争，意味着付出，意味着牺牲，米沙就是为了苏联人民而牺牲的。

☆他发现米沙受伤了，便赶紧把米沙翻过身来并焦急地叫着："米沙！米沙！"但是，米沙已经牺牲了。

　　阵地上，敌人的碉堡在不停地喷射着火焰，机枪的子弹从未停止过射击，无情的子弹击穿了苏联战士的身体。马特洛索夫紧紧地抱着自己亲爱的战友米沙，此时，面对倒在敌人枪下的战友，他的眼里已经没有一滴泪水了，所有的眼泪已经被愤怒所替代。他对米沙说道："米沙，将手榴弹给我，我带你去扔，一起去炸掉敌人的碉堡。"一边说，马特洛索夫一边拿起了手榴弹。他知道米沙已经永远地走了，永远地闭上了眼。马特洛索夫将手榴弹拿在左手里，右手拎着枪，然后自己继续慢慢地向前爬着。阵地后面，舍尔宾那上尉和战士们正焦急地等待着马特洛索夫他们

☆阵地后面，舍尔宾那上尉和战士们正焦急地等待着马特洛索夫他们的消息，舍尔宾那上尉说："难道都牺牲了吗？"伊万说："不会的！不行我上去吧！"舍尔宾那上尉说："晚了，还有六分钟就要开始冲锋了！"

的消息，舍尔宾那上尉说道："难道都牺牲了吗？"伊万对他说道："绝对不会的，上尉同志。马特洛索夫和米沙都是好样的，不会轻易牺牲的。不行我上去吧，我去看看怎么个情况。"舍尔宾那上尉看了看手表说道："晚了，你们谁去也来不及了，还有六分钟就要开始冲锋了。"

第十一章

英雄壮志

阵地上，马特洛索夫手里紧紧地握着手榴弹，两眼直直地盯着碉堡的方向，一眨不眨。他的眼神像两把刚出鞘的利剑，穿过这荒凉空旷的战场，直接插入敌人的碉堡中。马特洛索夫凭着自己的意志，努力地

☆那个该死的碉堡还在发疯似的用猛烈的火力抵抗着，阻碍着大部队前进，它像一个恶魔，吞噬了许多勇敢的苏军战士的生命！

往前爬着。他从来没有害怕过，也从来没有胆怯过，更从来没有想过撤退，在他的生命里，任务重于一切，一定要完成领导交给自己的任务。现在米沙虽然倒下了，牺牲了但自己要更坚强，要更勇敢，不但要炸掉敌人的这个碉堡，还要杀更多的德国法西斯侵略者，为死去的战友们报仇，为所有的苏联人民报仇。想着这些，马特洛索夫顽强地向前挪动着身体。那个该死的碉堡还在发疯似的用猛烈的火力抵抗着，挣扎着，阻碍着大部队的前进，它像一个张着血盆大口的恶魔，吞噬了数不清的勇敢的苏军战士的生命。无数战士被从碉堡中射出的子弹击中了，他们年青的生命就此中止了，他们的一切都奉献给了伟大的苏联卫国战争。

碉堡还在咆哮着，枪声不断，子弹不断，倒下的苏军战士也不断。现在这个碉堡是苏军战士前进路上的最大障碍，无数的战士牺牲在碉堡里机枪的子弹下。战士们在空旷的战场上前进，整个人都暴露在外面，如何能抵挡和躲避敌人碉堡中的机枪扫射？敌人的碉堡就在一个半山腰处，像一个土包，射击用的枪眼很小，一杆机枪在不停地向外边扫射着，火光、青烟，弥漫在碉堡周围。但枪眼太小，子弹根本打不进去，只会打在厚厚的墙壁上。马特洛索夫看着战场上一个又一个倒下的战友，他们就这样永远地倒在了祖国的这片土地上。他又看了看还在不停地喷着火舌的碉堡，马特洛索夫的目光变得更加仇恨，他的表情也更加凝重。为了给战友报仇，为了整个战斗的胜利，无论如何，马特洛索夫也要将这个碉堡炸掉。马特洛索夫已经下定了决心，不惜一切代价，也要把敌人全都炸上天，为战友报仇！

☆马特洛索夫用仇恨的目光盯着这个喷着火舌的碉堡，为了给战友报仇，为了战斗的胜利，他决定拼死也要炸掉它！

马特洛索夫已经爬到距碉堡不远的地方了，手榴弹已经可以扔过去了，考虑到精准程度，马特洛索夫又慢慢地向前爬了段距离，这才找了个有石头遮挡的地方停了下来。碉堡中的机枪依然在喷着火舌，枪声"嗒……嗒……嗒……"地响着，像给马特洛索夫的脑袋上发了条一样，让他听了很头疼，感觉特别不舒服。马特洛索夫瞅准了机会，向碉堡扔出了一颗手榴弹，手榴弹很快就炸响了，碉堡内的机枪声也停止了，可是没过一分钟，枪声又继续了。马特洛索夫偷偷地探出头，看到那个碉堡依然纹丝不动地屹立在那里，没有受到一点儿伤害。接着马特洛索夫又扔了两颗手榴弹过去，可依然没有什么效果。碉堡完好无损，机枪声依旧。别小看这个碉堡，它可不是普通的用泥巴搭起来的，而是用石头、水泥堆砌起来的。这个碉堡在外边看上去不大，就一个小土包似的，但它里边却不小，是下凹式的，先是在底部挖了个坑，然后才在坑的四周和顶上用石头、水泥进行封砌，所以相当结实，一般的武器从外边很难把它摧毁。

☆马特洛索夫向碉堡扔出了几颗手榴弹，但是那个碉堡纹丝不动，还在吐着火舌！

马特洛索夫看到这个碉堡如此的坚固，碉堡内的机枪还是"嗒……嗒……嗒……"地响个不停。不远处的阵地上，正在拿着枪奔跑着的战友们，不断地被碉堡中机枪的子弹射中，倒在了脚下的土地上。马特洛索夫看了看这个可恶的碉堡，恨不得自己马上跑过去，从枪眼中扔颗手榴弹进去。他有些激动，有些愤怒，但是他并不冲动，他的头脑此时是清醒的。如果自己真的要那样做，那么自己刚站直了身子，还没等跑上两步，恐怕就会被碉堡内敌人的机枪打成马蜂窝了。坦克、大炮都奈何不了这个碉堡，就凭自己手中的手榴弹，更是不可能会对

☆马特洛索夫冒着战火继续匍匐前进，他离碉堡很近了，但还是控制不了这个碉堡。

碉堡产生多大的威胁的。但是，当前的境况，冲锋在即，碉堡却还在猛烈地对战士们无情地射击着。只有将它彻底清除，冲锋的道路才会通畅。想到这些，马特洛索夫冒着战火继续匍匐前进。他悄悄地、慢慢地爬着，离碉堡越来越近，但还是控制不了这个令人憎恨的碉堡。

此时的战友们都被这碉堡压制住了，大家都趴在地上，任呼啸的子弹从头顶和身边擦过。他们希望能有奇迹出现，那就是让这咆哮着的碉堡彻底地变成哑巴。马特洛索夫又小心地向前爬了几步，这次离碉堡更近了，他趴在突起的石头后面，看着碉堡中的枪眼

☆马特洛索夫又向碉堡扔了颗手榴弹，这下子可恶的碉堡哑了。他向同志们高呼："冲啊！冲啊！"

不停地往外喷着火舌。他瞅准机会，趁着敌人的碉堡
中的机枪朝着远处卧倒在地上的战友们射击的机会，
探出身，近距离地向敌人的碉堡扔了一颗手榴弹过
去，随着一声剧烈的爆炸声响，可恶的碉堡终于停止
了咆哮，碉堡内顿时安静了下来，机枪"嗒……
嗒……嗒……"射击的声音没有了，那火红的喷吐着
的火舌也不见了，一切都突然安静了下来。这个可恶
的碉堡终于哑巴了，马特洛索夫看着一声不响的碉
堡，如释重负。他仿佛看到了胜利的旗帜在整个苏联
战场上飘扬着，全体苏联人民在热烈地欢呼着……这
时，马特洛索夫转过身，向远在身后的战友们高呼：
"冲啊！冲啊！"

　　卧倒在地上的战友们看到马特洛索夫站在半山
腰上使劲地挥动着手中的冲锋枪，并听到了他的高
呼声："冲啊！冲啊！"战友们马上从地上爬了起来，
向着前方的德国法西斯侵略者冲去。马特洛索夫站
在半山腰，看着战友们终于挺直了腰板，开始冲锋
了，他的心里无比兴奋和激动，更多的是一种欣慰。
现在，倒在战场上的米沙终于可以瞑目了，战友们
总算可以勇往直前了。就在这时，马特洛索夫看到
有的战友又倒下了，他好像又听到了机枪"嗒……嗒
……嗒……"射击的声音，扭回头一看，马特洛索
夫发现那个刚才明明被自己的手榴弹炸哑了的碉堡
又死灰复燃地喷起火来了，马特洛索夫仇恨的目光
洞穿了一切，他的两只眼睛愤怒得冒出了火！他没

想到这个碉堡又"复活"了，明明刚才自己的手榴弹炸在了碉堡上，碉堡内的机枪也马上就停止了射击。可是现在怎么又突然开始喷火了呢？马特洛索夫心里很清楚，自己刚才的那颗手榴弹，丝毫没有对这个碉堡产生多大的影响。

☆就在这时，马特洛索夫发现那个哑了的碉堡又死灰复燃地喷起火来，马特洛索夫的两只眼睛愤怒得冒出了火！

看着碉堡中的火舌再次肆虐，战友们一个又一个地在枪声中倒下。在这千钧一发的时刻，顾不得多想，马特洛索夫纵身一跃跳了起来，用自己的身体堵住了枪眼！此时的马特洛索夫，为了卫国战争的胜利，为了苏联人民早日过上幸福安定的生活，已经顾不上太多了。当他看到那顽固的碉堡不停地喷射着罪恶的火焰，他的心被深深地刺痛了，奋不顾身地用自己的血肉之躯挡住了敌人碉堡上的枪眼。别了，亲爱的玛莎，我永远都记得你那双大大的眼睛。别了，我亲爱的郭士甲，我永远都记得我们的友谊、我们的誓言。但是，对不起了，我的好兄弟，我们不能同甘苦、共患难了，我要先走了。别了，我亲爱的丽达，我永远都记得你那忧郁的眼神，特别是你看着父母在自己的身边被枪击时那种迷茫与无助，让我深受感触。别了，我伟大的祖国。别了，我亲爱的战友们。别了，我可爱的家乡！

☆在这千钧一发的时刻，顾不得多想，马特洛索夫纵身跳起，用自己的身体堵住了枪眼！

马特洛索夫的身躯牢牢地堵住了敌人碉堡上的枪眼，再狡猾的敌人在碉堡里也束手无策。碉堡彻底地哑巴了，战友们可以大胆地、勇敢地冲锋了。苏军的主力部队以排山倒海之势冲了过来，占领了阵地。前进的道路上一片坦途，曾经的荆棘已经被马特洛索夫的血肉之躯铺平了。胜利在向人们召唤，希望就在眼前。但是这一切，马特洛索夫已经看不到了。战友们高声地呐喊着，奔跑着，勇往直前。罪恶的德国法西斯侵略者，将被历史的车轮碾压，正义永远都不会被泯灭，胜利永远属于人民。大炮阵阵，坦克隆隆，整个大地仿佛在颤抖，好像是一个哭泣的孩子，在无助地呻吟。伟大的母亲在召唤，召唤着自己的儿女。马

☆主力部队以排山倒海之势冲了过来，占领了阵地。

特洛索夫就这样倒下了，倒在了敌人的碉堡前的枪眼处。他用自己的身躯，甘愿当做盾牌，让无情的子弹射中自己的身体。为了苏联的解放，为了战争的胜利，马特洛索夫做到了！

　　苏军在猛烈地冲锋着，战友们冲到了碉堡前，他们看到马特洛索夫紧紧地贴着敌人碉堡的枪眼，趴在那里。大家急忙地跑上前去将马特洛索夫抱了下来，看到他的壮举，战友们万分难过，大家脱帽向他致敬。伊万大叔看着一动不动的马特洛索夫，眼里忍不住流出了泪水。在他的眼里，马特洛索夫是一个年轻有为的新兵，特别是他在代理班长的日子里，带领大

☆战友们冲到碉堡前把马特洛索夫抱了下来，看到他的壮举，战友们万分难过，大家脱帽向他致敬！

家多次顺利完成了任务。郭士甲看着自己最亲爱的兄弟，最亲爱的战友，一句话也说不出来，只是一个儿地劲儿地哽咽着。他现在还记得那天晚上和马特洛索夫在工科学校宿舍里发的誓言。可是现在，同甘苦、共患难已经成为了过去，马特洛索夫已经一个人先走了，曾经的好兄弟只剩下郭士甲一个人了。回想这么多年两人在一起的日子，有多少辛酸与感慨。现在，马特洛索夫为了战争的胜利，为了苏联早日获得自由，献出了自己宝贵的生命！别了，我亲爱的战友，别了，我亲爱的兄弟。

指挥员向苏联最高统帅斯大林同志汇报着战斗的经过和马特洛索夫的英雄事迹，办公室里极其肃穆。马特洛索夫的英雄事迹深深地影响着大家，更鼓舞着更多的人。不但在部队的基层里广泛传扬，并且惊动了苏联最高统帅斯大林同志。苏联人民能够将德国法西斯侵略者赶出苏联的土地上，有无数的像马特洛索夫这样的同志，为卫国战争的胜利献出了自己宝贵的生命。战争就意味着牺牲，意味着伤亡，自古以来，无数的战争是由于好战分子的无端挑衅和恶意滋事而引发的。为了反抗外敌的侵略，为了反对敌人的压迫，无数青年弃文投军，为的就是早些让自己的祖国回到人民的怀抱，让祖国的领土早日得以解放。马特洛索夫就是众多为了反抗外敌侵略，而从学校走向军营，奔赴战场的一分子。在军队，马特洛索夫学到了很多，他锻炼了自己的意志，学会了打仗杀敌的本

领。他为了卫国战争的胜利，献出了自己年轻的
生命。

☆指挥员向最高统帅斯大林同志汇报着战斗的经过和马特洛索夫的英雄事
迹，办公室里极其肃穆。

　　斯大林同志听着指挥员的汇报，对马特洛索夫的
牺牲深感痛惜，他语气缓慢、表情悲痛地说道："听
说马特洛索夫今年才十九岁……"指挥员忙答道：
"是的，斯大林同志。"斯大林同志手里拿着大大的烟
斗，不停地抚摩着，说道："他是普通的一个青年？"
指挥员马上补充道："他是工业学校的一个学生，是
一个很普通的青年人。"听了指挥员的话，斯大林同
志静静地沉思着，过了片刻说道："普通的青年……"
他为这个普通的青年能有如此伟大的举动，深感欣

慰。斯大林同志手拿着烟斗，支撑着桌子说道："这些青年人给了人类自由与和平，这是苏维埃人民的新一代！是为共产主义奋斗的战士！"沉默了一会儿后，伟大领袖斯大林同志说道："马特洛索夫这样的人是不会死的，他们的名字，将会永生于我们英勇人民的记忆里。"马特洛索夫的名字已经深深地印在了苏联人民的记忆里，他的英勇事迹，他的伟大举动，将永远被苏联人民所铭记。

☆斯大林同志沉痛地说："他今年只有十九岁……"指挥员回答："是的，他是工业学校的一个学生，一个很普通的青年人。"斯大林同志说："普通的青年人！这些青年人给人类带来了自由与和平，这是苏维埃人民的新一代！是为共产主义奋斗的战士！"

随后，指挥员看到斯大林同志慢慢地走到办公桌

前，坐在了椅子上，拿出纸和笔，签署了苏联国防人
民委员会命令："查第五十六近卫军第三十八近卫师
第二百五十四近卫团战士亚历山大·马特洛索夫在
1943 年 2 月 23 日同德国法西斯侵略者作战当中，身
临争夺却尔奴什基村战役于千钧一发之际，曾以自己
的血肉之躯遮盖敌人的碉堡，壮烈牺牲，从而保证了
展开攻击之成功。亚历山大·马特洛索夫同志之伟大
功勋，参表为我红军战士刚毅英勇之模范。为永日纪
念苏联英雄近卫军战士亚历山大·马特洛索夫，特命
令：将第五十六近卫军第三十八近卫师第二百五十四

☆斯大林签署了国防人民委员会命令："查第五十六近卫军第二百五十四
　近卫团战士亚历山大·马特洛索夫在 1943 年 2 月 23 日同德国法西斯侵
　略者作战当中，身临争夺却尔奴什基村战役于千钧一发之际，曾以自己
　的血肉之躯遮盖敌人的碉堡，壮烈牺牲……"

近卫团更名为亚历山大·马特洛索夫第二百五十四近
卫军，并将亚历山大·马特洛索夫的名字永远列于亚
历山大·马特洛索夫第二百五十四近卫团第一中队之
名簿间。此令！"此时，苏联人民的英雄，亚历山
大·马特洛索夫已经长眠于地下，但无数的苏联人民
都将永远铭记他。

　　亚历山大·马特洛索夫的英雄事迹激励着苏联近
卫军的战士打垮了德国法西斯侵略者，最终取得了彻
底的胜利！亚历山大·马特洛索夫的英雄形象永远活
在苏联人民的心中！同时，亚历山大·马特洛索夫的
名字也作为人民英雄载入了史册！亚历山大·马特洛

☆马特洛索夫的英雄事迹激励着苏联近卫军的战士打垮了德国法西斯侵略
者，最终取得了彻底的胜利！马特洛索夫的英雄形象永远活在苏联人民
的心中！马特洛索夫的名字作为人民英雄载入了史册！

索夫站在迎风飘扬的军旗下面，永远地活在人民的心中。他以自己的宽厚胸膛，挡住了敌人的子弹。亚历山大·马特洛索夫的伟大举动，影响了无数的苏联人民。人民在不同的行业中，学习亚历山大·马特洛索夫同志这种为了祖国的解放事业、为了卫国战争的胜利而英勇献身、奉献自我的精神。一个亚历山大·马特洛索夫倒下了，更多的亚历山大·马特洛索夫在成长着。亚历山大·马特洛索夫的英雄事迹，为苏联近卫军打败德国法西斯侵略者起到了积极的促进作用，也为全世界反法西斯斗争做出了表率。亚历山大·马特洛索夫是苏联人民的英雄，也是全世界反法西斯战争中的英雄！

电影传奇

译制导演袁乃晨小传

　　袁乃晨，1919 年出生，原名高润财，河北雄县人。1938 年参加八路军，同年加入中国共产党。1946 年入东北电影制片厂任文工团副团长。曾在影片《留下他打老蒋》中扮演角色。1952 年任文化部电影局译委会翻译片组组长。1953 年任长春电影制片厂副导演、导演。

　　代表作：《普通一兵》（译制片）、《两家人》、《战洪图》（与苏里合作）、《辕门斩子》（戏曲片）、《风云初记》等。

电影背后的故事

　　《夏伯阳》、《列宁在十月》、《带枪的人》、《保尔·柯察金》等电影都是中国观众熟悉的苏联故事片。从 1949 年开始，东北电影制片厂以及随后的长春电影制片厂为中国的观众译制了大量优秀的外国影片。这次介绍的就是中国第一部译制片诞生的故事。

　　1948 年冬天，东北电影制片的袁乃晨接到上级任务——译制一部苏联影片。这部电影叫做《普通一兵》，是苏联儿童电影制片厂拍摄的故事片，讲述苏联卫国战争中的英雄——马特洛索夫成长的故事（图为马特洛索夫）。

　　袁乃晨找到史学，并和苏联方面的代表签了合同，回来以后就着手写剧本。翻译孟广钧（左图）、桴鸣和刘迟（右图），忙乎了好几个昼夜，总算把配音用的对口型台本整理了出来。

几乎与此同时，袁乃晨开始四处找声音条件好的演员。正在拍电影《回到自己队伍中来》的张玉昆（左图）被选中为主角"马特洛索夫"（右图）配音。

导演选中东北军大文工团的团员吴静（1930～1996年）（左图）给"玛莎"配音，吴静是中乌（乌克兰）混血儿，长得和"玛莎"很像；另一位文工团团员李雪红（中图）被分配到的角色是"女军医"；剧务凌元（右图）也被找来了，给"巴沙"大娘配音。

由于设备落后，没有经验，就连"开口"、"闭口"、"换气"、"停顿"，大家也只能摸索着边配音边学习。因为条件有限，本子不能分成小段配，每次都得一口气录完九分钟到十分钟的一本片子，而且载声的媒介是胶片，只要出错了，副本胶片就报废。图中这段文字描述的就是他们配音的艰难过程。

式成立了翻译片科演员组。但是，当时的译制片创作，仅处于拓荒时期，尤其限于技术设备条件的限制，不象现在可以化整为零，一小段一小段地进行配音录制，而是一次必须录完九分钟到十分钟的一本片子。也就是说中间不能出任何差错，必须一气呵成。否则，不当心一句话讲错，一本片子必须重新录制。而且用以载声媒介的片子直接是胶片，而不是现在用的磁带声片。前功尽弃所造成的浪费，可想而知。译制组在正式录音前，总是日夜加班反复排练，对口形、背台词、掐时间，还得体验角色感情，不等到滚瓜烂熟，那是不敢轻易正式录音的。因为，那是"一锤子买卖"，只许成功，不许失败。毕竟因为心理太紧张，有位演员在实录时，竟把"我也上去！"读成了"я（俄文）也上去！"引起哄堂大笑，只好报废了一本胶片，重新来。就这样花

"老王卖瓜"、"钻牛犄角"这样的中国俗语用在台词里显得特别有趣。袁乃晨还有一个特别有创意的发明：把苏联红军战士冲锋时喊的"乌拉！"（意为"万岁！"）配成"冲啊！"你看画面上喊着："乌拉！"的"马特洛索夫"，他的口型是不是和"冲啊！"差不多？

　　花费八个月，中国第一部译制片《普通一兵》终
于诞生了。中国最早的这批译制片演职员们在东北黑
龙江的兴山——他们工作的地方留下了这张照片。

1949年的"五一"节,本片在解放区上映了。看着银幕上的外国人操着略带东北味的普通话,观众们觉得又新鲜又亲切。要说这部译制片的影响,提起黄继光大家就知道了。他就是看了这部译制片,受到了英雄马特洛索夫的影响,在抗美援朝战场上堵枪眼壮烈牺牲的。

①在苏联伟大的卫国战争中,共青团员马特洛索夫誓向千百万苏联优秀儿女一样,奋壮烈地英勇献身。英雄的斗争把马特洛索夫锻炼成为一个忠勇的战士,在一次激烈的战斗中,他奋然用自己的胸膛堵住了敌人疯狂的枪眼,为壮烈献身精神而离开了世界。

②为了祖国的自由与独立,在严酷的战斗中,英勇的马特洛索夫,献出了宝贵的生命,这是苏维埃年青一代的光荣和骄傲,马特洛索夫的英名将万古留芳,永垂不朽。